François Brousse

JEU DE MASSACRE

I

L'ascension

1

Par une belle journée de printemps, le 23 avril 2017, Pierre Brunel devint président de la République à la surprise générale - à commencer par la sienne.

Voilà ce qui s'était passé.

Le nouveau chef de l'Etat avait bénéficié, il faut le dire, d'un des concours de circonstances les plus extravagants jamais organisés par le destin.

Présentant ses voeux à ses chers compatriotes (suivant la formule consacrée), le président sortant avait annoncé que, conformément à ses engagements, il ne se représenterait pas, la courbe du chômage ne s'étant toujours pas inversée en 2016, bien au contraire. Sa cote de popularité fit un bond en avant de 40%, sans que l'on puisse dire si les Français manifestaient ainsi leur admiration pour le respect de la parole donnée ou un certain soulagement à l'idée d'être débarrassés à coup sûr du chef de l'Etat le plus impopulaire de l'Histoire de la Vème République.

Benito Ferrara, le premier ministre, semblait être dès lors le candidat naturel et tout désigné - par lui-même, en tout cas - à la succession du président, au grand dam des frondeurs socialistes et de la gauche de la gauche. Faisant l'éloge de l'intégrité et de la force d'âme du chef de l'Etat, il annonça sans perdre de temps - le jour de l'Epiphanie, pour être précis - sa volonté de se présenter dans un discours un peu long mais ferme où il martela quarante sept fois le mot «sécurité», évoquant également à trente deux reprises la liberté d'entreprendre. Retransmise par l'ensemble des journaux télévisés du soir, cette intervention vivement appréciée par les électeurs et sympathisants de droite et d'extrême droite parut avoir, paradoxalement peut-être (la réaction des électeurs de gauche ayant été nettement plus réservée, voire hostile) réglé la question de la désignation du  socialiste à la présidentielle de 20

Quelques jours plus tard, le premier ministre prenait place à bord de l'avion long courrier d'une compagnie du Golfe affrété pour transporter à Munich les supporters d'une équipe de football milanaise. Le match s'annonçait comme un des sommets de la saison et Benito Ferrara ne l'aurait manqué pour rien au monde, ardent partisan qu'il était de l'équipe de Milan, sa ville natale. Les mesure de contrôle prises par les autorités italiennes et la compagnie aérienne avaient dû être insuffisantes, car quelques minutes après le décollage l'appareil fut détourné vers Berlin par un commando d'islamistes habillés en stewards et dirigé par un djihadiste berrichon répondant au doux nom de Mohammar el-Mansour ben-Roger - son père, boulanger de son état, s'appelait en effet Roger Bringouin. L'Airbus A 350 s'abattit sur le Reichstag, pulvérisant tous ses passagers et écrabouillant soixante deux parlementaires allemands, deux cent vingt neuf fonctionnaires de même nationalité, ainsi que le ministre fédéral des finances. Coincé dans son fauteuil roulant, le pauvre homme n'eut que le temps de s'écrier «Encore un coup des Grecs !» avant qu'une poutrelle ne vienne lui défoncer le crâne. Daech salua le courage des martyrs de la foi et un nouvel exemple de châtiment des impies aux pratiques immorales «telles que la peinture, le dessin, le théâtre, le cinéma, la peinture, le strip-tease, la natation, la lecture et les sports. Que se le tiennent pour dit les adeptes du curling, cette activité infecte où des hommes s'abaissent à balayer au profit de femmes impures une surface immonde inconnue du Prophète !».

Le chef de l'Etat décréta un jour de deuil national - «Un jour, c'est bien, deux ce serait trop !», confia-t-il à son secrétaire général et ami, Jean-Paul Bouillotte, témoignant ainsi du degré d'estime et d'affection qu'il portait à son désormais ex-premier ministre. Dans la cour de l'hôtel des Invalides, devant le cercueil contenant les restes - supposés - de Benito Ferrara et son écharpe de supporter, et recouvert des drapeaux français et italien (auxquels on avait ajouté ceux de la République fédérale d'Allemagne et de l'Union européenne, pour faire bonne mesure), il prononça sous une pluie battante et glacée, tête nue, un hommage d'une heure et quelque à la mémoire du défunt et de sa propre action. Sans doute fut-ce là l'origine de la double pneumonie qui devait l'emporter un mois plus tard.

Quatre jours après cette émouvante cérémonie le président, grelottant de fièvre mais parfaitement lucide, nomma un nouveau premier ministre. Le nom de Corentin Le Gallo paraissait devoir s'imposer. Ministre de la défense, président de la région Bretagne, c'était le membre le plus apprécié du gouvernement, et cela à juste titre. Efficace, courageux, discret, sympathique, dépourvu d'arrogance et d'affectation, il était aimé des militaires, adulé par les avionneurs et les marchands d'armes et respecté par la droite comme par la gauche. C'était de plus l'un des meilleurs amis du président et de Jean-Paul Bouillotte.

Corentin Le Gallo refusa. Il n'entendait pas renoncer à sa région chérie et à un ministère gratifiant pour quelques mois d'ennuis incommensurables à la tête d'un gouvernement honni par l'opinion et dont il trouvait, à juste titre, la plupart des membres d'une remarquable incompétence. Comme il était extrêmement têtu, trois jours d'un siège mené tant par le président que par Jean-Paul Bouillotte s'avérèrent vains. Le quatrième jour, à onze heures du matin, le chef de l'Etat, le secrétaire général de l'Elysée et le ministre de la défense se retrouvèrent pour trouver une solution. Le président grelottait dans son costume bleu marine trempé de sueur et Corentin Le Gallo le trouva boudiné. «Qu'est-ce c'est que ce tissu qui rétrécit autant ? Du synthétique, sûrement. Pas du coton ou de la laine, quant même ?», se demanda-t-il, distrait l'espace d'un instant. Jean-Luc Fragonard, avocat réputé et le quatrième de ces trois mousquetaires, rejoignit le petit groupe. Au bout de quelques minutes, rompant le silence, il suggéra : «Et pourquoi pas Sixtine ?»

Sixtine Régis, ministre de l'interministérialité et du progrès scientifique, technologique, industriel, sociétal et écologique, était l'ancienne compagne du chef de l'Etat. Jolie comme un coeur, méchante comme une teigne, son ambition était sans bornes. Elle avait rédigé un ouvrage remarqué, sinon remarquable, sur le rôle des aïeuls dans l'éducation des enfants et l'avenir de la société civile, puis mené à Bruxelles une croisade infructueuse contre l'heure d'été, oubliant que c'était la France qui avait imposée celle-ci quelques décennies plus tôt à une Europe pour le moins réticente. L'avoir nommée ministre pour avoir la paix et faire plaisir à leurs enfants avait été une chose. Mais la propulser à Matignon, tremplin possible pour l'Elysée, en était une autre. Le président frissonna de plus belle. «Sixtine ?», s'exclama-t-il, «Plutôt mourir !» - le malheureux ignorait que son sort était déjà scellé.

«Camberaberi ?», susurra Corentin Le Gallo. «Ah non», répliqua le président à cette évocation du nom du premier secrétaire du parti, «un ancien lambertiste premier ministre, on a déjà donné, et à la fin on a perdu !» L'hypothèque Camberaberi était ainsi levée, pour le plus grand plaisir du ministre de la défense dont la détestation pour le locataire de la rue de Solférino n'avait d'égale que le mépris qu'il éprouvait à l'égard du prédécesseur de ce dernier, surnommé par certains «le tramway» en raison d'un patronyme original et pittoresque.

«Le ministre des affaires étrangères, alors ?», proposa Jean-Paul Bouillote, un homme sensible et volontiers câlin (en tout bien tout honneur, car il adorait sa femme) qui n'avait pas oublié que, alors qu'il avait accepté d'entrer au gouvernement constitué par le président Valentin Horthy dix ans plus tôt, et que les accusations de traîtrise pleuvaient à son encontre, Pierre Brunel, le croisant à l'Assemblée, l'avait pris dans ses bras en lui disant : «Je respecte ta décision. Tu as fait une erreur et tu t'en apercevras vite (l'avertissement était prophétique) mais tu es des nôtres et tu le resteras, mon ami !» Corentin Le Gallo renchérit. Il se souvenait de l'acharnement qu'avait mis Brunel, alors ministre des affaires européennes, à plaider à Bruxelles la cause des éleveurs de porcs chère à son coeur de Breton. «Mais vous avez raison, bien sûr !», répondit le chef de l'Etat. Fragonard resta coi. Il avait fait son devoir envers Sixtine, dont certains des défauts ne lui échappaient pas, et n'entendait pas se brouiller avec ses meilleurs amis pour un motif aussi futile qu'une élection présidentielle.

Le Quai d'Orsay n'est guère distant de l'Elysée. Une demie-heure après la fin de cette conversation, Pierre Brunel était premier ministre.

Le nouveau gouvernement fut rapidement constitué et, pour la première fois depuis 1979, sa composition fut annoncée à vingt heures pile par le secrétaire général de la présidence de la République, au grand désarroi des médias dont certains, du coup, ratèrent l'évènement. Les changements étaient minces. Sixtine Régis était promue ministre des affaires étrangères, Marie-Clotilde Labranchouille, une accorte septuagénaire, devenant ministre de l'économie. Le ministère de l'interministérialité, etc, qui ne servait à rien, était supprimé. «Comme ça», dit le nouveau chef du gouvernement à son directeur de cabinet, «Sixtine sera par monts et par vaux et donc nous emmerdera moins, et nous sommes débarrassés du Micron baladeur. D'une pierre, nous avons fait deux coups !»

Deux jours plus tard, le nouveau gouvernement déposait un projet de loi, rapidement voté en urgence, qui interdisait tout sondage politique dans les six mois précédant une élection présidentielle. Le montant des amendes prévues tant pour les commanditaires de sondages que pour les instituts était tellement dissuasif que la loi fut respectée. Dès lors, le pays vécut dans une sorte de brouillard fellinien.

2

Mais qui était donc Pierre Brunel ? Le ministre des affaires étrangères était l'un des membres du gouvernement les plus appréciés, quoiqu'assez peu connu car fort discret. Il ne twittait pas, n'était pas inscrit sur Facebook et n'était jamais apparu dans ces émissions de télévision où de péremptoires jeunes gens, à peine sortis de l'une des cent vingt huit écoles de journalisme que connaît notre beau pays, martyrisent avec délectation leurs invités politiques avides de notoriété envoyés dans de tels guet-apens par des communicants aussi ambitieux que stupides. «Ce crétin n'avait qu'à ne pas y aller», avait-il sobrement observé après que l'un de ses collègues se soit fait particulièrement étriller devant quelques centaines de milliers de téléspectateurs, compromettant ainsi une carrière qui s'annonçait à tort comme brillante. L'incident l'avait franchement réjoui : «Et un de moins !», avait-il ajouté, en bon darwinien qu'il était.

Non qu'il ne fût à l'aise devant une caméra, mais il croyait aux mérites de la rareté en matière de communication. Il réservait ainsi ses apparitions publiques aux matinales des radios et aux journaux télévisés du soir, et uniquement lorsqu'un événement précis justifiait une intervention de sa part, comme ministre des affaires européennes puis de l'intérieur, puis des relations extérieures. Depuis son arrivée au ministère des affaires étrangères, on l'avait vu essentiellement, tantôt souriant, tantôt grave, suivant la nature des sujets à traiter, serrer les mains de collègues ou de chefs d'Etat, puis prononcer les «éléments de langage» que concoctait à son attention le porte-parole du Quai, créature intelligente quoique desservie par un physique rébarbatif - on aurait pu croire qu'il avait avalé un parapluie à l'adolescence, d'aucuns se demandant quand l'instrument susnommé allait enfin se déployer dans toute sa splendeur à l'intérieur d'un corps par ailleurs rabougri.

Brunel venait d'avoir soixante et un ans mais ne les paraissait pas, grâce notamment à une chevelure bien fournie d'un noir de jais qu'éclaircissaient à peine quelques rares filets d'argent. De taille moyenne, élancé, il avait un avait un visage agréable que déparaient quelque peu des lèvres très minces dont les commissures tombantes lui donnaient un air sévère, d'après certains, ou méchant, d'après d'autres, qui avaient plutôt raison car en fait il n'aimait que sa femme, ses enfants, le reste de sa famille et quelques rares amis. D'un abord aussi aimable et souriant que trompeur, il n'éprouvait pour le reste de l'humanité, fût-elle souffrante, qu'une totale indifférence nuancée de pure détestation à l'encontre d'un certains nombre d'adversaires politiques et, surtout, de camarades de son propre parti.

Il était issu d'une longue lignée d'agriculteurs prospères et avides de l'Agenais vivant dans le beau pays de Serres qualifié de «Toscane française» par Stendhal. Son grand-père, un cadet épris de modernité, était monté à Paris, devenant mécanicien puis vendeur de voitures. La concession automobile qu'il avait fondée avait été reprise par son fils, le père de Pierre, puis par le frère aîné de ce dernier. Aux SIMCA d'après-guerre avaient succédé de belles et robustes voitures allemandes nettement plus rémunératrices. Les Brunel de Paris avaient acheté à Pérignac, modeste chef-lieu de canton du Lot-et-Garonne et berceau de leur famille, une vaste demeure dans laquelle ils se retrouvaient pendant les vacances scolaires, à proximité de l'exploitation agricole de leurs cousins.

Après avoir été diplômé de SciencesPo (Paris, évidemment) avec les félicitations du jury, Pierre Brunel était devenu journaliste dans un hebdomadaire de gauche. Militant socialiste depuis l'âge de dix-huit ans, il avait grimpé en mai 1981 dans la caravane magique des cabinets ministériels, officiant comme comme conseiller en communication et *speechwriter* de ministres non négligeables. Ses liens familiaux et amicaux - si l'on peut dire - lui avaient servi de tremplin pour devenir maire de Pérignac, en 1989, conseiller général puis député en 1992, jolie performance compte tenu de la débâcle du parti socialiste en cette année qui avait vu le triomphe de Jacques Chirac et des siens. Il avait été constamment réélu depuis.

En 1997, le paysage socialiste était encore trop encombré d'éléphants survivants de la glorieuse époque antérieure pour qu'il puisse accéder à autre chose qu'un portefeuille ministériel mineur. Il s'était néanmoins acquitté avec constance de ses fonctions de secrétaire d'Etat à l'on ne sait quelle espèce de choux farcis, s'attirant de plus une solide réputation de débatteur massacrant avec une sorte d'allégresse doucereuse les opposants un peu niais - il y en avait beaucoup - qu'il avait soigneusement choisi pour victimes.

La victoire de 2012 aurait dû lui offrir des perspectives plus savoureuses. Mais il avait été alors confronté alors à un problème. Ce problème avait un nom : Jérémie Coursensac. Ce chirurgien-dentiste portant beau s'était fait parachuter à Villefranche-du-Gers, gagnant à la surprise générale la ville puis la circonscription. En réalité, il avait bénéficié du conflit picrocholin opposant depuis des années les ténorinos locaux particulièrement stupides d'une droite pourtant largement majoritaire. On le savait très ambitieux, mais il avait montré un réel talent à la commission des affaires économiques de l'Assemblée. C'était de plus un sportif émérite et Pierre Brunel, en bon churchillien qu'il était, ne le haissait que plus pour cela.

Entre ces deux étoiles montantes, les «deux coqs gascons» suivant la formule d'un journaliste - qui n'avait guère plu à Pierre Brunel, dont le mépris qu'il éprouvait pour les gallinacés n'avait d'égale que sa détestation à l'encontre de Coursensac qui, un jour, dans un dîner en ville, avait tenté sans succès quoiqu'avec aplomb de lui en remontrer sur un épisode de l'histoire du parti socialiste -, le président de la République élu en 2012 avait tranché sans trancher, à son habitude, nommant l'un ministre délégué aux affaires européennes et l'autre ministre des finances. Ce choix n'avait rien d'absurde, il faut le reconnaître. Pierre Brunel parlait couramment l'anglais et l'allemand et maîtrisait des rudiments d'espagnol et d'italien, mais n'avait absolument aucune espèce d'intérêt pour l'économie. «Il y a des économistes pour s'occuper de ça», avait-il dit un jour à l'un de ses proches, «et d'ailleurs ils se trompent toujours». Il ne s'intéressait en la matière qu'à la polyculture intensive pratiquée dans le midi de la France, par ses cousins notamment.

Jérémie Coursensac put ainsi se faire une solide réputation de compétence, massacrant les budgets de ses collègues, dont bien sûr celui des affaires européennes, réduit de plus d'un tiers grâce à ses soins attentifs. Comme on le sait, hélas, une sombre histoire de fraude fiscale, doublée de mensonges répétés prononcés les yeux dans les yeux à la face d'innombrables interlocuteurs, dont le premier ministre de l'époque, le président de la République, les parlementaires et tous les journalistes venus l'interviewer après la révélation de ses turpitudes, vint mettre un terme à son ascension fulgurante. «C'était bien un arracheur de dents», commenta simplement Brunel avant d'aller fêter avec sa femme l'implosion de son ex-rival au *Carré des Feuillants* dont il aimait le chef et sa cuisine.

L'Aquitaine étant dès lors ministèriellement quasiment orpheline, Pierre Brunel fut nommé ministre de l'intérieur, s'acquittant honorablement de sa tâche de l'avis de tous, puis, au début de 2016, ministre des affaires étrangères, Louis Cunctator ayant été appelé à d'autres fonctions.

L'enquête menée à son sujet par l'administration fiscale avait révélé à des fonctionnaires interloqués qu'il était parfaitement honnête, ne possédant rien d'autre qu'une modeste part de la SCI de Pérignac et se contentant avec son épouse, DRH d'une entreprise de taille moyenne, de louer depuis vingt ans dans le onzième arrondissement de

Paris un appartement du secteur privé. «Il ne bénéficie même pas d'un HLM de la ville de Paris !», s'exclama à cette nouvelle un fonctionnaire abasourdi qui venait peu de temps auparavant de s'indigner de ce que son épouse n'ait pas pu profiter du reliquat annuel de ses congés pour enfants malades. Ces derniers étaient robustes comme le Pont-Neuf mais leurs pets de travers imaginaires permettaient à ce couple moral et charmant de bénéficier à Noël de deux semaines de vacances non prévues par la loi.

Pierre Brunel était de plus fidèle, les galipettes extra-conjugales ne l'intéressant pas. Dans les couloirs de l'Assemblée nationale, il avait un jour rencontré une petite femme blonde aux yeux bleus, à la grande bouche sensuelle et à la silhouette ensorcelante, dont il était immédiatement tombé amoureux. Cette jeune personne, de neuf ans sa cadette, était de plus remarquablement intelligente, comme il le découvrit très vite, ce qui ne fit que renforcer ses sentiments. Dès lors, l'aimer et la désirer lui avaient suffi plus qu'assez.

Ainsi, il ne prêtait aucune prise aux rumeurs ni aux calomnies. «C'est une savonnette, ce type !», s'exclama le préfet chargé par le président Horthy de constituer des dossiers compromettants sur les principaux dirigeants de l'opposition d'alors et qui, de mémoire de flic, n'était jamais tombé sur un cas aussi désespérant. «DSX, au moins, c'est autre chose !», avait-il ajouté en bon connaisseur - croyait-il - de la nature humaine.

3

Quelques jours après la nomination de Pierre Brunel comme premier ministre, des nouvelles - alarmantes pour certains, réconfortantes pour d'autres - parvinrent à l'Elysée et à Matignon. A Matignon, surtout, car la débandade avait commencé à la présidence de la République. Le fidèle Jean-Paul Bouillotte était toujours là, dormant sur un lit de camp dans la chambre du président dont le niveau de conscience diminuait à vue d'oeil. De rares conseillers encore présents - ceux que le secrétaire général, un homme intelligent et charmant mais dépourvu de toute autorité, n'avait pas réussi à recaser - erraient dans les couloirs du Palais comme des âmes en peine. Nul ne les consultait plus. Tous les jours, le service de presse publiait un communiqué annonçant que l'état de santé du président était stationnaire - rare exemple d'une stabilité obstinément descendante.

La mort de Benito Ferrara avait donné des ailes (si l'on ose dire, compte tenu des circonstances de sa disparition) à la gauche traditionnelle, ainsi qu'à la gauche de la gauche et au centre-gauche. La nomination de Pierre Brunel, personnage peu connu et sans grand relief, n'avait fait que stimuler les appétits des uns et des autres.

Mais le destin veillait.

L'ex-Garde des Sceaux, icône de la gauche morale, s'était embarquée pour une tournée aux Antilles qui s'annonçait triomphale. Il advint qu'une espèce jusque là inconnue de moustique tigre lui inocula un virus totalement nouveau. La malheureuse sombra dans une torpeur profonde dont elle ne sortait (de plus en plus rarement, au fil des semaines) que pour déclamer de longs passages de *La Légende des siècles* ou des extraits de ses discours sur le mariage pour tous.

Cet épisode affreux fit plaisir à la droite de la droite et démoralisa tant la gauche de la gauche que le centre de celle-ci. A peine l'avait-on digéré qu'un autre triste événement se produisit. Jean-Maurice Boulet - «le boulet mortifère» comme on l'avait surnommé, tant ses discours distillaient un ennui mortel parmi ses auditeurs, - patron de la *Gazette de Toulouse* et du RRRSG (acronyme des Républicains, Radicaux et Radicaux Socialistes de gauche et le parti même de l'ex-Garde des sceaux) fut hospitalisé pour une forme rare de botulisme due sans doute à l'ingestion d'un cassoulet en conserve avarié : en août 2018, le pronostic des médecins était toujours réservé. Cette nouvelle pourtant attristante ne fit strictement rien à la gauche de la gauche et à la droite de la droite qui avaient complètement oublié jusqu'à l'existence même de Jean-Maurice Boulet. Elle plut en revanche au centre du centre. Ludovic Baïse, l'inoxydable (quoique malchanceux) président du MoMi - Moderne et au Milieu - annonça rapidement qu'il serait à nouveau candidat à l'élection présidentielle : «Jamais deux sans trois», affirma-t-il ainsi à la fin de son intervention dans le journal du soir de France 3 Midi-Pyrénées, «et la troisième fois sera la bonne, comme disait le bon roi Henri», évocation qui laissa perplexes les historiens spécialistes de la France des XVIème et XVIIème siècles interrogés par les médias.

Son ennemi intime, Edouard Martial, président de LUC (l'Union centriste) fit dès le lendemain acte de candidature : certains militaires se souvinrent alors qu'il avait été ministre de la défense juste après Gabrielle Halo-Lavierge. «C'est elle qui avait des yeux bleus et une jolie coiffure jaune en brosse ?», demanda un général en retraite à l'un de ses amis avec lequel il prenait le thé tous les jours afin d'éviter un face à face de plus en plus épuisant avec une épouse frigide et néanmoins nymphomane, de vingt ans sa cadette, qui persistait à vouloir repeupler la France alors qu'ils avaient déjà douze enfants, tous élèves de Stan à l'exception d'Aymeric-Supplets, un adolescent boutonneux qui s'était fait renvoyer du vénérable établissement pour s'y être présenté en jeans et baskets fluo. «Et si j'en changeais ?» se demandait de temps en temps le général, pensant à sa femme et non à sa progéniture, avant de se souvenir qu'un divorce était inconcevable dans sa famille et que ses capacités financières ne lui permettraient pas de verser une pension alimentaire à coup sûr faramineuse.

«Mais non», répondit l'autre qui était sur le point de sombrer dans la sénescence, «Halo-Lavierge était Tunisienne et tu as déjà vu des Maghrébines aux yeux bleus et aux cheveux jaunes ?» Sur le point de répondre que oui, il en avait déjà vu, mais que c'était un jeune garçon rencontré dans un bordel d'Alger et dont il avait d'ailleurs gardé un excellent souvenir, le général se ravisa. D'ailleurs, il venait de se souvenir que Gabrielle Halo-Lavierge avait des cheveux certes coiffés en brosse, mais gris, et que ses yeux étaient marrons.

Revenons à la gauche. Le bouillant leader du Parti de la Rupture, Jean-Marc Merluchon, était parti se recueillir au Venezuela sur la tombe de César Chavez, son idole. En hommage à Fidel Castro et à Che Guevara, il s'était depuis quelques semaines laissé repousser la barbe, ce qui, outre un contenu idéologique évident, présentait l'avantage de dissimuler un menton qu'il avait toujours trouvé passablement encombrant.

A Caracas, hélas, il fut enlevé par une bande de jeunes gens apparemment peu sensibles au socialisme, au chavisme, au castrisme ou à quelque doctrine progressiste que ce soit et essentiellement préoccupés par la loi de l'offre et de la demande. Avec obstination, les kidnappeurs prirent l'habitude d'envoyer chaque jour à l'ambassade de France un petit morceau de l'anatomie du grand orateur ainsi martyrisé et nourri exclusivement (circonstance aggravante) de galettes de maïs mal cuites. La République, fidèle à elle-même, refusa de payer une rançon dont le montant, quoique relativement modeste (cinquante mille dollars), n'eût pas manqué de creuser encore le déficit des finances publiques : «Non seulement c'est une question de principe», avait souligné en privé le premier ministre, «mais chacun sait de plus que le merluchon est meilleur froid que chaud».

L'ambassadeur de France, François Cachalot du Barents, fervent royaliste mais fidèle serviteur de la République, remisa la cravate noire qu'il portait depuis le 21 janvier et prit l'heureuse initiative d'installer à l'ambassade une chambre réfrigérée dans laquelle furent entreposés les éléments épars arrachés à l'affection de l'infortunée victime d'un acte aussi odieux qu'intéressé, en attente d'une possible - quoique peu vraisemblable - reconstitution. Aux doigts des mains et des pieds succéda une oreille. «Après l'autre oreille, je suppose qu'ils nous enverrons sa queue», dit à Sixtine Régis le premier ministre, volontiers pince sans rire et grand amateur de corridas. «Is'n it puzzling ?», ajouta-t-il. La ministre des affaires étrangères, qui ne bafouillait que quelques mots d'anglais, ne comprit pas l'allusion. Mais la deuxième oreille ne parvint jamais à l'ambassade de France et l'on demeura sans nouvelles de Jean-Marc Merluchon : l'espoir de le retrouver un jour en vie s'amenuisa. Quand François Cachalot du Barents changea d'affectation, en septembre 2018, il signala à son successeur l'existence de la chambre froide, dont le contenu fut transféré à l'Institut médico-légal de Paris puis, réduit en cendres, enterré au Père Lachaise devant le Mur des Fédérés à l'issue d'une émouvante cérémonie.

L'enlèvement du tribun de la plèbe française plongea la gauche de la gauche en plein désarroi, d'autant plus qu'Alain Montelareine, ancien ministre de l'industrie et défenseur infatigable du *made in France*, venait d'annoncer sa nomination au poste de Senior Executive Vice President de Gargle World Incorporated, premier fournisseur mondial de services et de jeux en ligne basé à Sacramento et fiscalement domicilié aux Barbades. Posant pour Paris Match avec sa charmante (et quatrième) épouse devant leur piscine à débordement de cinquante mètres sur vingt, Alain Montessuy annonça la création d'une fondation destinée à financer la création d'emplois dans les quartiers défavorisés du 9.2 et du 7.8. Cette heureuse nouvelle ne suffit pas à consoler une gauche de la gauche désormais orpheline.

Orpheline, la gauche de la gauche l'était d'autant plus que d'autres circonstances malheureuses l'avaient affectée.

Faute de sondages, le Parti communiste avait commandité une enquête qualitative réunissant un panel de militants et de sympathisants. Déjà, la constitution du panel avait été difficile, compte tenu de la réduction assez sensible de l'influence du parti depuis même l'époque de Robert Hue. Il ressortit de cette consultation que les derniers partisans du glorieux Parti des Fusillés ne voulaient pas entendre parler d'une candidature de Paul Legrill, le premier secrétaire, auquel ils auraient préféré, dans l'ordre décroissant, le petit-fils de Georges Séguy, le neveu d'Henri Krasucki et même l'arrière petit-fils de Waldeck Rochet. Paul Legrill s'effaça et s'attacha dès lors, avec succès, à saboter toute tentative d'émergence d'un candidat d'extrême gauche.

Il n'eut pas à se donner grand mal.

Principale formation politique trotskyste, la NAR (Nouvelle Alliance Révolutionnaire) venait de vivre une crise grave, des minoritaires fondant la NLC (Nouvelle Ligue Communiste) en dénonçant la dérive opportuniste et droitière de la direction du mouvement. L'évènement n'avait en soi rien de bouleversant, les divisions étant aux trotskystes ce que la scissiparité est aux protozoaires, mais un contexte juridique inédit vint compliquer la situation. Il se trouvait que le leader de la NLC était jusqu'à la scission le trésorier de la NAR, et à ce titre le gérant de la SCI propriétaire des locaux de cette dernière. Les militants de la NLC occupèrent ces locaux, n'hésitant pas à user de barres de fer et autres instruments contondants pour les transformer en forteresse inexpugnable. La NAR esta pour récupérer son bien. Son avocat, Maître Henri de Hautecloque, rappela au terme d'une plaidoirie verbeuse mais brillante que le droit de propriété était inscrit dans la Constitution depuis la Grande Révolution de 1789. Les magistrats n'en disconvinrent pas mais n'en trouvaient pas moins la situation quelque peu confuse et remirent prudemment leur décision à plus tard. «Ca va bien durer jusqu'en 2019» dit l'un d'entre eux à un collègue. «Je te trouve bien optimiste !», répondit celui-ci.

Lorsque vint le temps de l'élection présidentielle, ni la NAR ni la NLC n'avaient trouvé le temps et la sérénité nécessaires pour désigner de candidats. Bruno Bisou eut beaucoup de peine. Il ne comprenait rien à toutes ces bisbilles doctrinales - la théorie n'était pas son fort et le militantisme était pour lui une sorte de thérapie lui permettant d'éviter le recours à un psychanalyste qui lui aurait pourtant été salutaire, car à cinquante et un ans il continuait de sucer son pouce et de dormir avec sa mère, abandonnée depuis un demi-siècle par le père présumé de son enfant - et regrettait de ne pas être à nouveau candidat et ainsi de ne plus passer à la télé. Avec sa maman tant aimée, ils regardaient chaque samedi soir un *best off* de ses interventions prononcées lors d'une précédente campagne présidentielle

Tout cela réjouit fort Combat prolétarien, qui envisageait une nouvelle candidature de Ginette Lacuiller, son égérie durant des décennies et dont les remplaçantes avaient été décevantes, la fête annuelle de CP ayant même été déficitaire depuis que Ginette n'y prononçait plus le discours final. Son «travailleurs, travailleuses, on vous ment !» manquait à tous. Malheureusement Ginette, âgée tout de même de 76 ans, glissa sur une savonnette dans sa cabine de douche et se cassa le col du fémur. Dès lors, elle resta alitée dans sa résidence médicalisée pour personnes âgées, contemplant d'un oeil aussi torve qu'énamouré un poster de Léon Davidovitch Bronstein, reproduction d'une photo datant de la fin des années trente sur laquelle on pouvait lire cette dédicace (en espagnol, langue heureusement ignorée de Ginette Lacuiller) : «A Ramon Mercader, qui a promis de me faire découvrir les beautés de la haute montagne.»

Du coté des écologistes le centrifuge l'emportait sur le centripète. Une tentative de réunification conduite par Fritzy Levi-Strauss, le facétieux rouquin de mai 68 devenu le vieux sage du mouvement, tourna vite au fiasco. Une ex-ministre reprocha à une ancienne collègue d'utiliser un lave-vaisselle, se voyant répliquer que la propriétaire d'une voiture à moteur diesel n'avait de leçons d'écologie à donner à personne. Le comble fut atteint quand le sénateur Jean-Jacques Couru traita Levi-Strauss de de «vieux schleuh pédophile». Levi-Strauss quitta la salle et la réunion s'acheva dans la plus extrême confusion. Les insultes fusèrent, du plus léger («productivistes !», «libéraux !», «socialistes !») au plus grave («waechtériens !», «lalondistes !» «voyennetistes !»). Pour finir, il y eut trois candidates écologistes mais cet épisode quelque peu dissonant ne réussit pas au mouvement. Aucune des candidates n'obtint le nombre de signatures nécessaire pour se présenter, en dépit des efforts des Faisceaux français.

4

Le président doublement sortant, en chair comme en esprit, eut droit à des funérailles nationales. Ce fut son triomphe posthume. Dès l'annonce de sa mort, déjà, toute la France, profonde ou superficielle, s'était mise à vanter ses mérites, suivant une solide tradition française qui veut que les morts valent mieux que les vivants. Les micro-trottoirs fleurirent sur la première chaîne et dans le Parisien. Les Morvandiaux, dont feu le président avait été l'élu local, s'avérèrent décevants. «Ah ben il est mort ?», dit un paysan du cru, «ah ben, il était ben brave - enfin, j'crois ben, j'crois même ben qu'il aimait les crapiaux[1]. A moins que ce soit été l'autre, çui d'avant, qu'avait l'même

---

[1] Les crapiaux sont de grosses crêpes aux lardons qui constituèrent pendant des siècles la base de l'alimentation des Morvandiaux. Il ne faut pas les confondre avec les galettes de sarrasin, qui constituèrent pendant des siècles la base de l'alimentation des Bretons, ni avec les gaudes, roboratives galettes de maïs qui constituèrent pendant des siècles la base de l'alimentation des Gascons et autres Aquitains, sans parler des épaisses tranches de pain rassis trempées dans de la soupe qui constituèrent pendant des siècles la base de l'alimentation des autres habitants du royaume de France, puis des trois premières républiques. Comme quoi la tradition gastronomique française ne date pas d'hier.

prénom. Y s'appelait comment, déjà ?». Ce témoignage ethnographique ne passa jamais à l'antenne. «C'était un brave homme, proche des gens et qui habitait pas loin d'ici, d'ailleurs», s'extasia une gérante de supermarché du sixième arrondissement qui avait voté pour lui avant d'avoir une crise crise cardiaque en constatant à la fin de 2012 que le montant de son impôt sur le revenu avait quasiment doublé. Tout était désormais pardonné pour elle. «Il était rond et sympathique», déclara un obèse apolitique. «Je n'avais pas voté pour lui, puis je l'ai regretté et maintenant c'est lui que je regrette», pleura une charmante jeune femme chômeuse et enceinte que son mari venait d'abandonner. «Un type bien, quoiqu'il ait toujours été boudiné dans ses costumes bleu marine... Je me demande où il les trouvait», s'interrogea un styliste d'une maison de couture en vue. «C'était notre meilleur client, il achetait français et nous l'adorions», s'exclama un vendeur de la dernière entreprise nationale fabricante de parapluies. «Pour lui, on n'était pas la caillera, putain merde, et il aimait Sarcelles et les meufs - oh, putain, il a dû en niquer des brouettes, de ces thons, dans son Palais !» dit avec son franc-parler habituel et un admirable accent des banlieues un jeune homme encagoulé (de niveau bac moins six, soit le même, intellectuellement parlant, que celui du journaliste qui l'interrogeait) qui confondait visiblement le défunt président avec DSX. La fin de cet émouvant témoignage ne fut pas diffusée à l'antenne mais passa en boucle pendant des mois sur les réseaux sociaux.

Le président Pétaz, patron des patrons, ne cacha pas son admiration pour «un véritable homme d'Etat qui avait su, comme Gabriel Micron également arraché depuis peu à notre affection, comprendre les difficultés et les souffrances qui sont le triste lot des chefs d'entreprise.» Jean-Jacques Couru fut filmé pleurant à grandes eaux : serait-il à nouveau ministre, le grand homme (de taille modeste, en fait) une fois enterré ?

Les merluchonistes orphelins, les socialistes frondeurs, les écologistes purs et durs (il y en avait encore une poignée) et les catholiques intégristes prirent grand soin de dissimuler leur joie. Seul un groupuscule extrémiste qui avait repris le nom de la vénérable et glorieuse Action française inonda internet de communiqués vengeurs dans lesquels il se félicitait de «la mort pitoyable du chef de la gueuse, d'origine étrangère par surcroît», allusion passablement déplacée au patronyme du martyr des averses. «Après l'élimination ignominieuse du rital Ferrara», ajoutait l'un de ces textes, «c'est un nouveau succès de la France éternelle et pure, la France de Vercingétorix, Clovis, Charlemagne, Jeanne d'Arc, La Rochejaquelein, du comte de Chambord, de Paul Déroulède, Charles Maurras et Jean-Marc Susini. Une nouvelle Restauration est proche !»

La vision qu'avaient de l'Histoire ces aimables jeunes gens était un peu simplette. L'héritier de la Maison de France condamna ces propos, qu'il qualifia d'infâmes, et adressa ses plus sincères condoléances à la maîtresse de feu le président. Les représentants français de Daech félicitèrent pour ces phrases bien senties leurs frères chrétiens, futurs dhimmis[2] de l'Etat islamique mondial.

Le corps du défunt fut exposé pendant une journée en l'église Saint-Louis des Invalides. Devant le cercueil ouvert, Corentin Le Gallo, les larmes aux yeux, ne put s'empêcher de constater que son ami était toujours aussi boudiné dans son costume bleu marine. «Mais pourquoi l'a-t-on habillé comme ça et qu'est-ce

---

[2] Rappelons que les *dhimmis*, juifs ou chrétiens, étaient les «protégés» des Etats musulmans des origines, ce qui leur donnait droit à porter des vêtements ou des insignes destinés à les identifier clairement, ainsi qu'à accomplir des tâches exaltantes d'éboueurs, bourreaux et empailleurs de cadavres.

que c'est que cette matière, enfin ? Rayonne, nylon, polystyrène expansé, tartiflex ?», se demanda-t-il. Il ignorait que dix ans auparavant, dans un coup de folie, le président - qui ne l'était pas encore - avait acheté à un tailleur singapourien de passage à Paris douze costumes totalement identiques ayant depuis constitué la totalité de sa garde-robe. Pierre Brunel, lui, nota que l'on avait posé sur le nez du défunt des lunettes qui, selon toute vraisemblance, n'allaient pas lui servir à grand-chose dans l'au-delà. «En plus, elles étaient très laides !» se dit-il. Sixtine Régis pleura. Non seulement elle avait vraiment de la peine, plus encore qu'à la mort d'un hamster adoré, cinquante cinq ans plus tôt, mais elle trouvait de plus son avenir incertain. Une nouvelle candidature à l'élection présidentielle était improbable et elle trouvait pénible de se voir réduite dans le futur à vanter encore et toujours les mérites du chabichou, alors qu'elle détestait le fromage. L'ex-garde des Sceaux se mit à déclamer devant la dépouille *La nuit d'octobre* d'Alfred de Musset, pour le plus grand bonheur de l'infirmière qui poussait son fauteuil roulant et commençait à en avoir assez de *La Légende des siècles*. Le président Horthy, quelque peu grimaçant - il était sorti la veille d'une douzième garde à vue concernant le financement de sa précédente campagne électorale - ne put s'empêcher de s'adresser *in petto* au défunt : «Tu m'as volé la victoire et tu n'as pas volé ta mort !» Ce bon mot lui plut et il se promit de le ressortir à l'occasion.

Dans la cour de l'hôtel des Invalides, sous une pluie battante et froide - évidemment-, le premier ministre, confortablement revêtu d'un imperméable particulièrement épais et protégé de surcroît par un immense parapluie bleu-blanc-rouge, écouta avec recueillement les émouvantes homélies prononcées en l'honneur du défunt par tout ce que la France comptait de dignitaires religieux : Mgr Vingt-Quatre, dont on disait - à tort - qu'il était le fils naturel de Jean XXIII, le Pasteur Valéry Radeau, le Grand Rabbin Korsica et l'Imam Fatwa Bourbaki. Le président du Sénat, chef de l'Etat par intérim, prononça un discours funéraire et plat.

Le lendemain une grand-messe fut célébrée à Notre-Dame. Toutes les têtes couronnées de la planète étaient présentes, y compris Ibn Séoud XIV et le Sultan de Bruneï qui fit remarquer à Pierre Brunel qu'ils devaient être parents, vu la proximité de leurs patronymes. «Etre relié à votre auguste personne par des liens de famille serait un honneur pour moi», répondit le premier ministre avec componction. «Vous savez ce que vous devriez faire ?», ajouta le sultan dont les connaissances en histoire et géographie étaient modestes, le calcul étant sa matière préférée : «Rétablir la charia que vous avez bêtement abolie en 1789 ! Cela vous épargnerait tous ces frais d'avocats exorbitants, le surpeuplement des prisons et ces salamalecs - hi, hi ! - sur les droits des femmes.» Brunel lui promit d'y penser en se demandant quel serait le supplice adéquat pour ce sinistre personnage : vaudrait-il mieux l'empaler, l'écarteler ou l'écorcher vif comme Polycrate de Samos l'avait été ?

Au premier rang trônait - si l'on ose dire - la reine d'Angleterre, d'Ecosse et d'Irlande, dont chacun remarqua la robe blanc mousseuse et le ravissant chapeau de même couleur orné de plumes de cygnes[3]. Son prince consort, nonagénaire mais toujours vert, se conduisit assez bien, se contentant de pincer de temps à autre les fesses de la reine d'Espagne, placée devant lui et qu'il trouvait fort à son goût. A la fin de la cérémonie, le postérieur de la malheureuse avait viré au bleu-vert, comme le constata le soir même son auguste époux. Au côté de la reine on relevait la présence du nouveau président des Etats-Unis d'Amérique,

---

[3] Signalons à nos lecteurs que le cygne est placé en Angleterre sous la protection des souverains : d'où l'abondance de la viande de ces beaux oiseaux acariâtres dans les dîners officiels.

Mickey Dump, dont le magnifique brushing orange vif suscita une fois de plus l'admiration de tous.

Toute une rangée des chaises de la cathédrale (la vingtième) était occupée par la famille Baldini. Le prince souverain de Casino (petit Etat niché entre les provinces de Camorra et Ndranghetta) était venu avec l'ensemble des conjoints passés et présents de ses quatre soeurs qui l'avaient tanné pour cela : vieux beaux, poissonniers, moniteurs de ski et d'auto-écoles, acrobates, clowns, acteurs, jardiniers, gardes princiers, princes germaniques divers et variés. Un hebdomadaire italien spécialisé dans le heurt entre mots (rares) et photographies (nombreuses) avait eu l'exclusivité de la couverture de la présence de l'illustre famille à l'évènement. Il faut reconnaître qu'ils se comportèrent correctement, à l'exception de l'un des princes germaniques que l'on surprit en train d'uriner dans un bénitier de la cathédrale à l'issue de la cérémonie. Les deux litres de bière qu'il avaient bues avant celle-ci lui avaient été fatals.

Trois jours après le plus magnifique hommage religieux jamais rendu à un athée, Pierre Brunel annonça sa candidature dans le journal du soir de la chaîne de télévision la plus regardée.

Après quelques minutes d'un entretien consacré à son action à la tête du gouvernement, où il se fit modeste, le présentateur lui posa simplement une question : «Monsieur le premier ministre, serez-vous candidat à la présidence de la République ?» Tranquillement, mais fermement, il répondit : «Oui». Comme prévu, il n'y eut pas d'évocations complémentaires de sujets aussi vains tels que son programme - il n'en avait pas - ou de quelque thème politique que ce soit. Le premier ministre avait simplement rassuré les propriétaires de la chaîne en leur promettant que leur concession et leurs projets de développement, parfaitement illégaux et contestés même par le Haut Conseil de l'Audiovisuel (un comble, tant cette aimable institution n'entendait surtout pas gêner quelque pouvoir médiatique que ce fut) ne seraient en aucun cas remis en cause - alors qu'ils était dénoncés par la gauche, la gauche de la gauche, le centre, l'extrême-droite, la droite de la droite et même la droite tout court, le président Horthy étant convaincu que la télévision, fût-elle populaire et gérée par ses amis - était un repaire de gauchistes.

Le premier ministre n'en avait pas moins quelques idées pour nourrir sa popularité naissante. Pour la deuxième fois, le Conseil d'Etat avait refusé que d'éventuels terroristes classés «S» soient placés en détention préventive. Cela agaça Brunel, président de droit de cette institution. «Convoquez le Conseil pour après-demain.», dit-il à son directeur de cabinet, un préfet qui détestait tous ces juristes empêcheurs les hommes de terrain comme lui d'administrer en rond. «Et préparez un décret de nomination d'un nouveau vice-président du Conseil. Ce sera Anthelme Lacrêpe.» Ce dernier, un vétéran de divers cabinets ministériels de droite, était un excellent juriste mais nul n'eût pu oser soutenir que le courage et l'indépendance d'esprit aient été ses vertus premières. Le préfet était ravi. «Il va te les niquer, ces enflures de magistrats ! Je commence à l'admirer, ce con de socialiste.», dit-il le soir même à sa femme avant de la prendre en levrette en lui claquant vigoureusement les fesses, ce qu'elle adorait.

Dire que le Conseil d'Etat fut ravi de cette convocation serait excessif. Les pires attentes de la majorité de ses membres furent comblées.

«Monsieur le président, mesdames et messieurs les conseillers», leur dit Brunel, je voudrais vous faire trois observations.

«La première concerne l'origine de votre institution. Le Conseil d'Etat a été créé par

Napoléon Bonaparte. Je vous le rappelle car, en général, les connaissances historiques des juristes sont faibles. Vous devez avoir néanmoins un vague souvenir de la personnalité de Napoléon. Créer le Conseil d'Etat voulait dire pour lui avoir à sa disposition des légistes de qualité -ce que vous êtes, nul n'en saurait douter -mais certainement pas de se voir confronté à des censeurs de son action. Dans les temps difficiles que nous traversons, après que notre pays ait été endeuillé par des attentats sanglants, le retour à ces principes originels me paraît nécessaire.

«Ma deuxième observation concerne votre institution. Sa vigilance quant aux libertés publiques, auxquelles vous affirmez être si attachés, n'a pas toujours été sans défaut. Sous le régime de Vichy, le Conseil d'Etat a été plus loin que ce qui lui avait été demandé, notamment en ce qui concernait le statut des juifs.

«Monsieur le président, mesdames et messieurs les conseillers, quelle menace les juifs représentaient-ils pour la France en 1941 ou 1942 ? La réponse est simple : aucune. La présomption de judéité instaurée par le Conseil d'Etat, au delà même des lois racistes du soi-disant Etat français de l'époque, restera une marque indélébile entachant votre institution.

«Ma troisième remarque découle des deux premières. Nous sommes confrontés à des agressions inouïes. Des massacres sont commis, mois après mois, à l'encontre de femmes, d'hommes et d'enfants innocents, par des monstres sanguinaires ennemis de toutes nos valeurs. Et comment réagit votre institution ? Elle s'oppose à des mesures que le peuple tout entier approuve. Cela ne peut pas durer. Dès lors, je vous le dis, la solution est simple. Soit votre assemblée reviendra sur sa position, soit un referendum tranchera. Ce dernier posera au peuple deux questions : «1» «Approuvez-vous la mise en détention des individus classés «S» ?» ; et «2» «Le Conseil d'Etat ayant par deux fois refusé cette mesure, approuvez-vous la suppression de cette institution ?»

«Mesdames et Messieurs, vous avez quarante huit heures pour vous ressaisir. Au passage, je remercie votre président pour son action passée. Le nom de son successeur sera rendu public demain.»

Ce bref discours fut abondamment diffusé. Même *Le Figaro* et *Valeurs actuelles* l'approuvèrent. Deux jours plus tard, le Conseil d'Etat unanime approuva la mise en rétention de l'ensemble des suspects classés «S».

On créa en Corse, en plein maquis, un camp de rétention pour abriter ces derniers dans des tentes de l'armée. Des barbelés électrifiés l'entouraient et la garde des détenus fut confiée à de sympathiques quoique virils bergers locaux puissamment armés. Les tentatives d'évasion furent nombreuses - au début - mais peu productives. Un seul évadé survécut pendant une semaine avant d'être découvert, dévoré par des sangliers dont la viande s'avéra succulente. Les conversions au christianisme et, surtout, au judaïsme - l'aversion à l'encontre du cochon, sauvage ou pas, s'avérant éminemment productive - se multiplièrent.

La popularité de Brunel décolla.

Mais que se passait-il dans le petit monde sympathique de la politique ? A gauche, c'était le désert, comme on l'a vu. De l'autre côté de l'échiquier, c'était le trop-plein. A l'UMM (Union pour une majorité majoritaire) avait succédé en 2015 AD ! (A droite !). Le président Horthy, volontiers hyperbolique, aurait préféré «A Droite Toute !» mais en avait été finalement dissuadé. «C'est un peu long à retenir» lui avait dit Christophe Agostini, président de la Région

PACARHLR (Provence-Alpes-Côte d'Azur-Rhône-Alpes-Languedoc-Roussillon), soutenu par Bernard Saint-François, clerc de notaire devenu baron du NPCPCAAL (Nord-Pas-de-Calais-Picardie-Champagne-Ardennes-Alsace-Lorraine) grâce à la volonté des électeurs et à un redécoupage du territoire national qui avait laissé pantois historiens, géographes et spécialistes de l'aménagement du territoire. «Et pourquoi pas 'A droite, droite !'», avait ironisé Jérôme Alun, ancien premier ministre et rival du président Horthy, «cela aurait un joli côté militaire !». Même Guillaume Vautrez, numéro deux du parti, qui avait au fil des années doucement glissé du centre à l'extrême droite, n'était pas convaincu, pour des raisons diamétralement opposées: «A droite !, c'est un peu faible et pas très signifiant quant à nos valeurs (il n'en avait aucune). Pourquoi pas Parti populaire français, ou Parti social français, ce qui nous donnerait un contenu plus authentiquement proche des gens ?», avait-il suggéré, sans succès.

Bref, «AD !» existait tant bien que mal. Mais la primaire des adistes, comme on les appelait désormais, n'avait pas donné de résultats probants.

Le président Horthy avait cru devoir écraser sans problème son rival, insistant lourdement sur l'âge et le passé judiciaire de ce dernier, oubliant que lui-même faisait l'objet de poursuites pour d'assez nombreux délits. Ses sbires lâchaient quotidiennement des boules puantes sur Jérôme Alun, sans même se rendre compte qu'elles pouvaient être contreproductives. Ainsi Jérôme Alun fut-il un jour crédité d'avoir une jeune maîtresse beurette, ce qui démentait le poids des ans censé peser sur lui et lui donnait une image d'ouverture pluri-culturelle qui avait jusqu'alors échappé à tous. Il faut dire qu'Arthur Boutefeux, le principal acolyte d'Horthy, ne brillait ni par la beauté (il ressemblait à un suricate albinos, en moins gracieux), ni surtout par l'intelligence.

Jérôme Alun, sec comme un coup de trique, remarquablement intelligent, peu aimable mais honnête, s'était vu rejoint par la diaphane et néanmoins féroce Natacha Radetsky-Lamarche et, surtout, par Jean-Frédéric Sully-Prudhomme, celui-là même qui avait triomphé en 2012 de l'ancien premier ministre Frédéric Fuyons pour accéder brièvement, dans des conditions douteuses, au poste de président de l'UMM.

Les résultats de la primaire furent ambigus. Entre Horthy et Alun, ç'avait été été du 50/50. Comme on avait surpris quelques partisans du premier d'entre eux à bourrer des urnes et que la réputation de Sully-Prudhomme plaidait plutôt contre lui en la matière, aucun résultat n'avait pu être proclamé. Un comité des sages présidé par un ancien premier ministre fut désigné. Ses délibérations n'aboutirent pas, le total des votants dépassant de 630.212 le nombre des inscrits, qui s'élevait à 400.029. «Les urnes étaient pleines, mais la coupe est vide» déclara Jean-Paul Romarin dans une de ces formules énigmatiques dont il avait le secret.

Dès lors, Horthy et Alun reprirent leur liberté et annoncèrent leurs candidatures à la présidence. Ils furent rejoints par Frédéric Fuyons, l'ancien premier ministre et collaborateur de Horthy, persuadé qu'à un pète-sec chauve et à un hystérique hirsute les Français, dans leur grande sagesse, préféreraient *in fine* un modéré bien peigné, auteur d'un ouvrage programmatique intitulé «*Courage*» vendu à deux cent douze exemplaires, et par surcroît grand amateur de rillettes, ce qui l'ancrait profondément dans la France profonde. Bertrand Le Melon - une sorte d'enfant de choeur monté en graine, littéraire, lubrique et sournois - attendait son heure, c'est à dire 2022. Tout paraissait réglé.

Tel n'était pas l'avis de Georgette Platino, l'ancienne égérie du président Horthy, exclue d'AD ! pour avoir dit tout haut ce que son chef pensait, sinon tout bas, du moins pas aussi bruyamment. Georgette les belles gambettes, comme on l'appelait jadis à l'UMM, avait ranimé l'antique parti du président Pineur. Celui-ci avait été un fervent partisan du Maréchal (*Maréchal, nous voilà, etc, etc.*) puis un président du conseil de la IVème République particulièrement incompétent avant de devenir le ministre des finances du général Van Der Poele (celui-là même qui avait libéré la Nation - avec, tout de même, l'appoint marginal de quelques centaines de milliers d'Anglais, d'Américains et autres Canadiens, Néo-Zélandais et Australiens, sans parler de plusieurs millions de Russes).

Du président Pineur, on savait qu'il avait deux passions, l'étalon-or et les femmes, et qu'il était très obstiné. Cela n'était pas sans rapport, si l'on peut dire. Ainsi il était bien connu qu'il ne se retirait jamais, d'où une certaine abondance d'enfants naturels. Il avait pratiquement fallu l'achever pour qu'il renonce à ses fonctions - le président Van Der Poele, une espèce de cryptokeynesien renégat du pétainisme, d'après Pineur, ayant abandonné l'étalon-or - et devienne une sorte de guru que les ministres des finances venaient consulter périodiquement pour poser avec lui dans d'ineptes gazettes : tel avait même été le cas de l'infortuné Paul Bolgemoï, alias gratte-couilles, pour lequel le président Pineur était mieux qu'un exemple et guère moins qu'une idole. Les cent quarante deux membres survivants du PLIP (Parti des libéraux, indépendants et paysans, lesquels n'avaient depuis belle lurette jamais entendu parlé de ce groupuscule crépusculaire) se sentirent ravigotés à l'idée que la pétulante Georgette les rejoigne. A l'unanimité, ils la désignèrent comme candidate à l'élection présidentielle. Elle trouva un beau slogan, il est vrai un peu long : «La France aux Français de souche et de confession judéo-chrétienne». Les connaissances théologiques de Georgette Platino étaient certes limitées et elle pensait que la kippa était une sorte de joli petit béret basque.

Louis Guano, l'ancien conseiller du président Horthy, arpentait quant à lui la France profonde, allant même jusqu'à rassembler quelques dizaines de personnes dans des préaux d'école, pour diffuser un message néo-gaullien passablement confus mais somme toute sympathique. Quoi qu'il pût se passer, il serait candidat, comme Michel Debré avant lui.

La mort du président avait fait entrer à l'Elysée le président du Sénat, Germain Carré. L'endroit lui plut. «Pourquoi ne pas y rester ?», se demanda-t-il dans sa salle à manger privée pendant qu'on lui servait, après deux douzaines d'huîtres, un foie gras chaud aux raisins et un turbotin au beurre blanc, un succulent ragoût de sanglier aux cèpes auquel devaient succéder, après le plateau de fromages, des profiteroles au chocolat. Grignotant un café gourmand composé de cannelés, de macarons et de petits babas au rhum qu'il trouva minuscules, il se convainquit aisément, avant une sieste réparatrice qui devait l'amener jusqu'au dîner, que ses chances étaient nettement supérieures à celle de feu Alain Poher, son lointain prédécesseur. N'était-il pas infiniment plus propre que ce dernier et n'avait-il pas à deux reprises terrassé Jean-Paul Romarin dans un combat titanesque pour la présidence de la Haute Assemblée ? Le surlendemain, il fut interrogé par Jean-Paul Elbakchich sur la chaîne de télévision parlementaire que toute sa famille regardait, ce qui fit tripler l'audience de l'émission. Le regardant avec sympathie, Elbakchich lui trouva un air de ressemblance frappant avec un éléphant de mer. Germain

Carré annonça alors qu'il était prêt à faire don de sa modeste personne (même Elbakchich ne put retenir un sourire, et pourtant il en avait vu d'autres) pour sauver la France de tristes déchirements fratricides.

Sauver la France, telle était justement la grande cause de Jean-Jacques Durand-Saint Glinglin, juste avant celle des automobilistes (français, évidemment) qu'il avait deux ans auparavant appelé à la rescousse, infortunés qu'ils étaient en raison de taxes confiscatoires et de bouchons insupportables, dans sa quête infructueuse de la présidence de la région IDFETAEAPP (Ile-de-France et Tout Autour, Enfin A Peu Près). Durand-Saint Glinglin pouvait se prévaloir du soutien de tout ce que le pays comptait de souverainistes, de Jean-Michel Détriment, ancien ministre et pourfendeur aussi germanophile que germanophobe des sauvageons de banlieue, jusqu'à Noël Lebaveux, infatigable plumitif que personne ne lisait plus, et au nouvel académicien Bernard Gefulltefisch, l'avant-dernier nouveau philosophe encore vivant, qui regrettait l'heureuse époque où Saint-Louis, à la demande du Pape, imposait aux juifs d'arborer une étoile jaune sur leurs vêtements.

5

Ainsi se rapprocha-t-on tout doucement de l'élection présidentielle. Le dernier sondage connu créditait l'extrême droite de 24%, en forte baisse, la droite et le centre de 60% et la gauche de 16%. Même les sacrifices involontaires du président de le République et de son chef de gouvernement n'avaient pas semblé inverser la tendance. Dès lors et faute d'enquêtes, interdites comme on sait, la grande question qui agitait les spécialistes de sociologie électorale était de savoir qui, de l'ancien président Horthy ou de Jérôme Alun, serait en tête de l'électorat d'AD !. Pour le reste, le doute n'existait guère. Le sondageur en chef du parti socialiste depuis quarante et un ans ans, Gabriel Baragouin, était comme toujours pessimiste. «16%», dit-il à Camberaberi accablé, «on ne peut guère espérer mieux. Mais ce pourrait être 15%, voire 14». Le conseiller d'Horthy pour ces questions, Daniel Calder, un élégant millionnaire à la chevelure argentée, était confiant : «Alun n'a aucune chance : la baisse de Germaine Le Gwen dans les sondages ne peut profiter qu'à vous !» dit-il à l'ancien président. Il entrevoyait pour l'avenir une amnistie présidentielle et de nouveaux contrats bien juteux. Seul Gilles Géromé, perché dans son nid d'aigle corse, pensait autrement. N'avait-il pas prédit l'élimination de Balladur juste après que ce dernier ait été battu par Chirac - et la victoire de celui-ci sur Jean-Yves Le Gwen au deuxième tour de l'élection présidentielle de 2002 ? De plus, c'était l'un des rares amis de Pierre Brunel, dont il avait été le condisciple à Sciences Po.

La campagne électorale se déroula sans accroc. Du côté d'Horthy, on eut à déplorer un léger couac. Jamais regardant, comme à son habitude, l'ancien président avait fait imprimer deux millions d'affiches collées sur tout le territoire national et sur lesquelles on voyait son beau visage étrangement calme se détacher, avec un slogan : «VIVE LA FRANGE !». Cette erreur typographique intrigua certains électeurs et fit ricaner bêtement ses concurrents.

Les résultats du premier tour produisirent une sorte de coup de tonnerre. Blêmes, hagards même, les présentateurs des grandes chaînes de télévision, dont certains avaient depuis des mois pris leurs cartes au parti de Germaine Le Gwen comme on souscrit à une assurance (sur la vie, surtout), annoncèrent le résultat, qui était le suivant :

-Germaine Le Gwen : 28,01%
-Pierre Brunel : 22,04%
-Jérôme Alun : 18,5%
-Valentin Horthy : 15,4%
-Ludovic Baïse: 10,33%.

Frédéric Fuyons, Germain Carré, Jacques Durand-Saint-Glinglin, Louis Guano, Edouard Martial et Georgette Platino se partageaient les restes. Chez AD !, l'humeur était à la consternation.

Le lendemain, Jean Brunel commença à consulter. Il reçut d'abord, à tout seigneur tout honneur, Valentin Horthy. Celui-ci, passablement énervé comme à son habitude, avait très envie de ressortir sa formule favorite : «Ni ni, et na!». Le premier ministre lui expliqua calmement que, s'il était élu, les innombrables poursuites judiciaires dont l'ancien président de la République faisait l'objet, dans sa charmante quoique coupable négligence, seraient abandonnées - «Il n'y a pas mal de façons de convaincre les juges, savez-vous !» - et, qu'*in fine*, au besoin, la grâce présidentielle lui permettrait de jouir d'une retraite heureuse au Cap franco-africain dans la demeure de son épouse.

Le président Horthy, *volens nolens*, annonça deux jours plus tard qu'en son âme et conscience - ce qui présupposait à tort qu'il avait l'une et l'autre -, il appelait à faire barrage à Germaine Le Gwen. En dire plus eût été au delà de ses forces. Le lendemain, il s'envola dans un jet privé, avec femme et enfants, pour rejoindre une somptueuse villa mise à sa disposition par un potentat méditerranéen.

Le, même jour, le vingt quatre avril, Pierre Brunel rencontra Jérôme Alun. L'entrevue fut dès l'abord courtoise. «Monsieur le premier ministre», dit Brunel à son hôte, qui avait comme à son habitude un air quelque peu constipé, «je voudrais que nous dépassions l'horizon borné de la politique politicienne. Ce que je vous propose, au delà de cette élection, c'est la constitution d'une authentique union républicaine prenant enfin la dimension des véritables défis qui s'imposent à nous tous. L'heure est grave, je vous le rappelle. Le terrorisme et le chômage nous minent, et le racisme nous affaiblit. Je sais que vous êtes un homme honorable et je souhaiterais donc qu'à l'issue de cette élection et des législatives qui vont suivre vous redeveniez le chef du gouvernement de la France. Inutile d'ajouter que vous aurez toute latitude pour mener la politique que vous aurez déterminée en tant que premier ministre, conformément à la constitution».

Jérôme Alun sortit ému de cet entretien. Il y avait eu dans les propos de Pierre Brunel un côté Van der Poeliste qui l'avait passablement ébranlé.

La réunion du bureau politique d'AD ! fut une formalité. Les horthystes - à supposer qu'il y en eût encore, Boutefeux s'étant réfugié en Auvergne - s'étaient volatilisés et les Fuyards, déjà peu nombreux, étaient tétanisés, leur chef étant parti dans sa belle province pour une cure de rillettothérapie. Seules deux voix courageuses s'opposèrent au désistement républicain : celle de Bertrand Le Melon, qui prônait l'abstention «pour ne pas insulter l'avenir» (le sien, essentiellement), et surtout celle de Guillaume Vautrez, dont le plaidoyer en faveur d'un ralliement à Germaine Le Gwen alla droit au coeur de nombreux membres du bureau, tant ses arguments étaient pertinents sur le fond. Mais le réalisme et les ambitions personnelles l'emportèrent. Chacun commença à se demander à quel portefeuille ministériel il pourrait légitimement prétendre, au détriment de ses amis si amicalement détestés.

Le second tour de l'élection présidentielle fut sans surprise et Pierre Brunel fut élu avec 59% des suffrages. Il constitua aussitôt un cabinet dont la composition rasséréna Jérôme Alun qu'il venait de nommer premier ministre : aucun jeune loup n'y figurait, pas davantage que des apparatchiks socialistes d'âge moyen. Le nouveau président n'avait recruté que des sexagénaires, voire même des septuagénaires, hauts fonctionnaires en retraite ou anciens chefs d'entreprises publiques qui s'ennuyaient ferme depuis leur cessation d'activité. Le fidèle Bouillotte demeurait secrétaire général. Il constata avec plaisir que Brunel portait des costumes de flanelle gris bien coupés égayés par d'élégantes cravates-club ou, le week-end, des vestes de tweed portées sur des pantalons de velours mille-raies.

Vinrent alors les élections législatives, soigneusement préparées par le président et le chef du gouvernement. AD ! emporta 56% des sièges, le parti socialiste les deux tiers de ce qui restait («Un résultat inespéré !», s'exclama Gabriel Baragouin). Pour la première fois depuis des lustres, les RRRSG purent constituer un groupe parlementaire, grâce il est vrai à l'appoint des deux députés communistes survivants. Le MoMi ne put former un groupe, LUC ayant refusé de se joindre à lui car la défaite de Ludovic Baïse dans le Béarn avait réveillé les appétits carnassiers de Martial. Les écologistes n'eurent aucun élu : Brunel y avait veillé. Nantes put dès lors voir se construire son nouvel aéroport après quelques nouvelles péripéties telles que l'ensevelissement d'opposants par de brutales pelleteuses.

Ce résultat fit grincer les dents de Valentin Horthy, qui commençait à en avoir assez d'écouter tous les soirs son épouse chantonner en gratouillant sa guitare au bord de leur piscine. L'ancien président décida de relancer sa carrière de conférencier international, ce qui lui permettrait de voyager seul. Malheureusement, les invitations se faisaient de plus en plus rares et les tarifs ne cessaient de baisser. La dépression guettait Horthy et finit par l'atteindre, alors même que les convocations pour de nombreux procès, assorties de demandes d'extradition de son pays d'accueil, commençaient à lui parvenir. «Le salaud !», hurla-t-il un jour devant le fidèle Boutefeux venu le soutenir dans ces épreuves, «il m'a menti !», oubliant que les promesses ne sont faites que pour être oubliées. Du reste, Brunel savait que les assurances qu'il avait trompeusement données à son pénultième prédécesseur ne pourraient jamais être honorées, les juges étant ce qu'ils sont dans leur avidité à massacrer petits et grands de ce monde. Coincé dans son exil doré, Horthy dépérit à vue d'oeil.

La nouvelle assemblée, présidée par Frédéric Fuyons, ne comptait pas non plus de député des Faisceaux français, ce qui ne fut pas sans conséquences. Au conseil national du mouvement, deux semaines après le second tour des législatives, le patriarche Jean-Yves Le Gwen, l'oeil gauche à nouveau fièrement couvert par un bandeau noir, reprit le pouvoir. Redevenu le Guide Inspiré du mouvement, il mena une vigoureuse campagne d'épuration et de retour aux valeurs hitléro-pétainistes d'antan. Une très large majorité des élus des Faisceaux français rejoignirent AD ! et leur ancien parti retrouva ensuite le petit pourcentage d'électeurs dont il bénéficiait dans les années soixante-dix.

II

Accomplissements

1

Après les élections législatives, Pierre Brunel fit visiter les appartements privés de l'Elysée à sa femme. «Qu'est-ce c'est moche !», lui dit celle-ci, très justement. «Nous n'y habiterons jamais et je n'y dormirai qu'en cas de crise», lui répondit le président avant de lui prendre la main et de l'entraîner dans la chambre présidentielle. Une heure plus tard, un peu ébouriffé et très joyeux, Brunel retrouva Alun pour évoquer la composition du nouveau gouvernement.

«Comme je vous l'ai déjà signifié», dit le président à son premier ministre, «vous avez toute latitude dans le choix de vos ministres». «En bon Van der Poeliste que vous êtes, je ne vous demande que de considérer que les affaires étrangères et la défense font partie du domaine réservé - ou du moins partagé - du chef de l'Etat». Jérôme Alun était ému. Il commençait à aimer cet homme. Ses choix furent tous approuvés par Brunel. Le dosage était subtil. Les adistes, bien sûr, étaient majoritaires mais socialistes, centristes et radicaux complétaient un tableau admirablement unitaire. Gracieuse Ballarin, charmante socialiste honteusement écartée par feu Benito Ferrara lors de l'avant dernier remaniement ministériel, retrouva un poste certes mineur mais qui correspondait parfaitement à ses capacités - ministre de l'innovation, des cartes à puces et de la société cognitive.

«Et Sixtine Régis ?» demanda le premier ministre au président. «Si vous avez le goût du malheur, prenez-la», lui dit Brunel, ce qui soulagea son interlocuteur. Comme elle le craignait, l'infortunée veuve morganatique du président défunt fut désormais vouée à la promotion des produits de sa région. Natacha Radetsky-Lamarche (NRL) héritait du ministère des affaires étrangères et, à la demande du MEDEF, Gabriel Micron retrouvait les Finances. Pour le ministère de la défense - Corentin Le Gallo se consacrant désormais à la Bretagne -, le chef de l'Etat suggéra Guillaume Vautrez. «Mais c'est un faux-cul crypto fasciste !», lui répondit Jérôme Alun, sortant pour une fois de cette réserve légendaire qui l'avait tant fait apprécier des Bordelais. «C'est surtout un con, mais à nous deux, nous le contrôlerons», rétorqua le président qui avait quelques arrières pensées inconnues de son interlocuteur. L'affaire fut entendue.

«L'union nationale, enfin !», titra le Point le lendemain de la publication de la liste des membres du gouvernement. La couverture de l'Obs était plus nuancée : «Tous unis ?» L'Express, quant à lui, dédiait sa Une aux salaires des cadres, sujet imposé à ses journalistes interloqués par l'illustre éditorialiste à l'écharpe bleue qui dirigeait ce magazine. «Il faut vendre et, pour cela, sortir des sentiers battus et ne pas se laisser enfermer dans la routine d'une actualité médiocre !» asséna-t-il à ses troupes. Moyennement quoi, l'Express prit un bouillon et son directeur de la rédaction fut viré un mois plus tard par les propriétaires du journal, des mécènes certes humanistes mais néanmoins un peu près de leurs sous. Il put ainsi se consacrer à l'écriture, sans aucun succès bien entendu : il rédigeait vite, mais mal.

Le président compléta son cabinet. Comme chef d'état-major, il demanda un marin obéissant, catholique et stupide. «Sosthène Van der Poele correspondait à vos exigences», lui dit Bouillotte qui ne manquait pas d'humour, «mais il est mort depuis belle lurette». «Et bien, trouvez-en un autre du même acabit, mais vivant». Ce ne fut pas trop difficile. L'amiral d'Aulx - cela ne s'invente pas - était un Bourguignon d'une vieille famille noble. La mer l'avait toujours passionné, d'autant plus qu'elle était fort éloignée de sa province natale. Il n'aimait que les mathématiques et l'histoire de la marine. Sa nomination le combla, bien que la contraception, le droit des femmes à l'avortement et enfin le mariage pour tous l'aient révulsé. En sa personne, la Royale l'avait enfin emporté sur les armées de terre et de l'air ! Le soir même, passablement exalté, il sodomisa son épouse - vieille pratique navale qui lui avait permis de ne procréer que neuf enfants dont il avait toujours eu du mal à retenir les noms, les appelant par leurs numéros d'apparition sur terre. Enguerrande, née du Cassepot, couina comme d'habitude mais se laissa faire néanmoins : elle en tirait au fond (si l'on peut dire) un certain plaisir coupable et la matière d'émouvantes narrations lors de sa confession hebdomadaire.

Quelque temps plus tard, l'amiral se vit ordonner par le chef d'Etat de retirer du Moyen-Orient toutes les troupes stationnées en Syrie et en Iraq, ainsi que leur matériel «à des fins d'entretien technique» (ce qui fut interprété par le Figaro comme un geste de faiblesse), et d'envoyer l'essentiel de la flotte de sous-marins nucléaires dans la mer d'Oman, un dernier sous-marin étant expédié dans la Baltique. «Il faut qu'ils soient armés jusqu'aux dents, bien sûr.» «Les dents de la mer, hi hi», répondit Aulx qui avait adoré le film du même nom. Brunel le contempla avec accablement. «Où êtes-vous, Surcouf, Jean Bart et Duguay-Trouin ?» se dit-il. «Même l'amiral d'Estaing était moins con que ce type...»

Enfin vint le grand jour, celui de l'opération «Mamelouk». Il était six heures du soir. Le président avait sur les genoux une innocente petite boîte où trônait un joli bouton rouge sur lequel il appuya. «Alors, amiral, nous allons envoyer à l'instant un missile nucléaire sur Riyad, ville dans laquelle se réunissent aujourd'hui même les onze mille princes descendants d'Ibn Séoud - sans leurs femmes, précisons-le, en humanistes que nous sommes -, un autre sur Dubai, un troisième sur Doha, deux autres enfin sur les soi-disant capitales de

Daesh, encore une sur Damas et la dernière sur Ankara, une ville très moche dans laquelle trône un traître à la pensée d'Ataturk, un de mes idoles. Feu !» Le ministre de la défense, que l'on venait de convier à entrer dans le bureau présidentiel, resta sans voix. L'amiral n'avait rien compris mais il obéissait, en fidèle serviteur de l'Etat, même s'il regrettait l'heureux temps de la monarchie ou celui du merveilleux Darlan, une grande figure de la Royale injustement traitée par l'Histoire.

L'excellente qualité du matériel militaire français fut instantanément démontrée. Le Moyen-Orient fut illuminé par de magnifiques explosions et de superbes champignons s'élevèrent au ciel. «Putain !», dit un des commandants de sous-marin regardant le spectacle dans son périscope, «c'est encore plus beau que le feu d'artifice du quatorze juillet !»

«Veuillez m'excuser, messieurs», dit Pierre Brunel à l'amiral et au ministre, «j'ai un rendez-vous urgent et quelques coups de fil à passer.

Il appela d'abord son premier ministre, qui ne se doutait de rien. Dire qu'il fut stupéfait serait un doux euphémisme. Il se vit instantanément affligé d'un bégaiement insurmontable.

«Monsieur le prépré, ce n'est pas popo, c'est papa popo...», parvint-t-il à bredouiller. Il voulait dire, «Monsieur le président, ce n'est pas possible», mais n'y parvenait pas. «Qu'est-ce c'est que que cette histoire de papa popo !» répondit le président, «ma parole, vous êtes en pleine régression oedipo-anale ! Ce n'est pas vraiment le moment, mon vieux !» Il eut beau tendre l'oreille, il n'eut pas de réponse, entendant seulement le bruit sourd caractéristique d'un objet assez lourd qui tombe sur un tapis. Jérôme Alun venait d'être victime d'un AVC dont il ne devait jamais se remettre : il allait être remplacé par Natacha Radetzky-Lamarche, dont Brunel admirait l'intelligence et l'élégance, sinon la gentillesse - mais n'anticipons pas.

L'ambassadeur d'Iran, qui attendait dans l'antichambre et se demandait, mal à l'aise, ce qui lui valait cette convocation imprévue, fut introduit dans le bureau présidentiel. «Monsieur l'ambassadeur», lui dit le chef de l'Etat», sachez que je viens de venger Husseyn, le martyr de Kerbala, et vos malheureuses victimes d'un récent pèlerinage à La Mecque - qui a été préservée, je vous rassure, et sera confiée à de meilleures mains que celles de ces wahhabites méprisables !» Ali Farsi, hébété, entendait son portable résonner avec insistance dans la poche de son pantalon, qui le grattait. Il se sentait boudiné. Un an plus tôt, sur le point de rejoindre son poste à Paris, il avait acheté une demi-douzaine de costumes coupés dans une matière indéfinissable mais à coup sûr synthétique à un tailleur malaysien de passage à Téhéran. Il le regrettait maintenant, malgré le prix très avantageux qu'il avait payé : il était avare et de plus mal rémunéré. Brunel lui expliqua la situation. «Evidemment», lui dit le président, «tout cela ne va pas manquer de nous créer quelques petits problèmes d'approvisionnement en pétrole. Je compte sur votre grand et beau pays. Appelez très vite le président de Global pour régler la question. Merci, et tous mes voeux à votre président et surtout à votre Guide suprême, que j'estime au plus haut point. Si je n'étais pas athée - excusez-moi, on ne se refait pas - , je serais chiite, bien sûr !» De retour à son ambassade, Ali Farsi put heureusement constater que le Guide suprême était ravi de la tournure imprévue qu'avaient pris les évènements. Global devint quelque temps plus tard le fournisseur exclusif de l'Union européenne.

Sur ces entrefaites, le chef de l'Etat prit au téléphone le président de la sainte Russie, Ivan Vassilievitch Grozny, lequel était assez grognon. Il venait de perdre un allié au menton mou certes haïssable mais auquel il tenait beaucoup, quelques milliers de militaires et, surtout, une division blindée et une flottille aérienne fort coûteuses. «Ah, le Sukhoï», lui dit Brunel, «quel bel appareil ! Il décolle pratiquement à la verticale, non ?» Ivan Grozny n'avait aucune envie de parler de performances aéronautiques. «Nous pourrrrions faire chez vous d'horrrriblles rèprésailles !» éructa-t-il. Le président français était très calme. «Si j'appuie sur un tout petit bouton rouge ici présent, Moscou, et donc vous, ainsi que votre ville bien aimée, Saint-Petersbourg, seront détruites dans la minute qui suit par un joli petit sous-marin qui croise tranquillement dans la Baltique et que vous n'avez même pas repéré. Ce serait dommage, car ce sont de très belles cités que j'aime beaucoup. Ressaisissez-vous : vos services de renseignement sont nuls, votre armée est mal équipée, vos navires de guerre rouillent, la population de votre pays se réduit année après année parce que vos mâles racistes, stupides et machistes se noient bourrés dans des flaques d'eau infestées de moustiques. Quant à votre économie, elle est à bout de souffle. Mais vous verrez, je vous trouverai bientôt des sujets de compensation. La Biélorussie, peut-être ? Et puis le prix du pétrole et du gaz va bondir grâce à moi.» Grozny, ébranlé, se tut.

Après avoir bu trois double bourbons bien tassés, Mickey Dump commençait son déjeuner - *spareribs* abondemment arrosées de sauce barbecue et maïs grillé dégoulinant de babeurre - quand le secrétaire d'Etat l'appela pour le prévenir que la moitié environ de la péninsule arabique et une très large part de la Syrie et de l'Iraq venaient d'être rayées de la carte.

«Qui a fait ça ? Les Russkofs ?» «Sans doute pas», répondit Jebediah Bushwacker, «ils ont perdu leurs troupes, leurs chars et leurs avions dans l'affaire.» «Bien fait !», s'exclama le président des Etats-Unis. «Euh, nous aussi,» lui fit remarquer Bushwhacker, «nos petits gars et leur matos sont manquants, et pour de bon j'en ai peur.» «On les remplacera, ça fera baisser le chômage et ce sera bon pour nos bonnes vieilles entreprises d'armement. Mais alors, qui ? Les Chinetoques ? Les Cocoquelque chose, ceux qui s'appellent comme des crèmes glacées ?» «Non», dit le secrétaire d'Etat, «j'ai auprès de moi un haut responsable du Département d'Etat qui m'assure que les Chinois sont inquiets et que - vous avez dit quoi Harriman, ah oui, Monsieur le président, les Kim-cônes, je veux dire les Coréens du Nord, ont cru que nous leur adressions un avertissement et renoncent du coup à leur bombe atomique. Apparemment du reste, il y eu là-bas un coup d'Etat et un certain Kim-il-quelque chose, un militaire, a pris le pouvoir.» «Merde alors», dit sobrement le président Dump. «Mais qui alors ? Pas les Israëliens, quant même ? Ah, ceux-là ! Putain, on a trop de juifs dans ce pays !» «Lequel ?», demanda le secrétaire d'Etat. «Le nôtre, et Israël aussi !», dit le président. «Non, apparemment. Harriman me dit que le Mossad n'avait rien vu venir. La disparition d'El-Hassad et du roi Ibn Séoud XIV les navre mais ce sont les retombées nucléaires qui les inquiétaient surtout. Heureusement, un fort vent du nord dissipe celles-ci et les envoient sur la Somalie et Djibouti, dont tout le monde se fout et où nous n'avons aucun ressortissant, mis à part quelques hippies humanitaires dont nous pourrons nous passer facilement. En plus, le problème de la piraterie dans la région va être sans doute résolu.»

«Mais qui alors ?, répéta le président de la première puissance mondiale. «Les Martiens ?» «Nos drones et nos satellites n'ont pas décelé la présence de petits hommes verts dans le voisinage.» «Les Martiens ne sont pas verts, mais rouges comme leur foutue planète, Bushwhacker !»

Quelques instants plus tard, Mickey Dump reçut du président de la République française un coup de fil qui le rassura : ce n'était donc pas une invasion des Martiens. Juste avant de prendre Pierre Brunel au téléphone, il avait essayé de situer la France sur un atlas que l'un de ses assistants lui avait amené. C'était donc bien à l'Ouest des Etats-Unis, pas loin des Galeries Lafayette dont l'une de ses ex-épouses lui avait jadis vanté les mérites en lui présentant une addition astronomique. Ou à l'Est, si l'on revenait de l'un de ces pays bizarres où les femmes, assez jolies bien qu'ayant souvent des jambes arquées, avaient des cheveux très noirs et les yeux bridés ? Il se souvenait avoir été récemment dans une ville appelée Paris et qui visiblement n'était pas au Texas, pour une messe célébrée il ne savait plus pourquoi dans une grande église visiblement imitée de Saint-Patrick - foutus catholiques ! Il y avait là une vieille dame vaguement anglophone toute vêtue de blanc, coiffée d'un chapeau à plumes parfaitement ridicule. Tout cela était très perturbant. Et qu'est-ce que les Français avaient à foutre de l'Orient ?

Quoiqu'il en soit, ce président aussi étranger qu'étrange, qui parlait un anglais parfait quoiqu'abominablement britannique, lui avait patiemment expliqué qu'était ainsi réglé le problème du Moyen-Orient, cet espace absurde surpeuplé de niaquoués paresseux aux costumes ridicules. «Des types à gros nez qui s'habillent en robes, je vous demande un peu, que des tarlouzes !», avait renchéri son interlocuteur. «N'oubliez pas, mon cher Mickey, tous les soucis que ces sales gens ont causés à trois de vos prédécesseurs, les présidents Barren, Barren Jr. et Olabama. A la mention de ce dernier nom, Dump ne put réprimer un haut-le coeur - «Un Noir à la Maison blanche, on aura tout vu, dans ce foutu pays !», se dit-il. La cérémonie d'investiture d'Olabama l'avait fait vomir.

Brunel sentit qu'il avait commis une erreur en mentionnant le nom abhorré d'un homme pour lequel il avait pourtant de l'estime. Mais ce n'est pas avec du vinaigre qu'on attrape les mouches, fussent-elles à merde, et il et changea de registre pour redresser le tir. «De plus, après cette opération vouée toute entière à nos valeurs chrétiennes, n'en déplaise au Pape Jacques, un gauchiste chilien pire encore que Salvator Allende et qui vous a si mal traité dans le passé, votre pétrole va valoir de plus en plus cher, sans parler du gaz de schiste !» lui avait susurré le Frenchie. «Sainte merde !», s'était dit le président américain qui avait un joli portefeuille d'actions dans le secteur énergétique, «je vais me faire des couilles en or ! A propos de couilles, il en a, ce fils de garce.

Je vais suivre une cure de fromages, de cuisses de grenouilles et d'escargots !» Pierre et Mickey étaient devenus les meilleurs amis du monde.

Dans la foulée, Brunel appela le président d'Air France-KLM pour lui signaler que sa compagnie n'aurait plus désormais à souffrir de la concurrence des compagnies du Golfe, car «il n'y en a plus.» Il lui conseilla d'appeler ses collègues de Lufthansa et de British Airways pour leur annoncer la bonne nouvelle.

A huit heures du soir, le président de la République intervint sur les ondes - toutes les ondes de France et de Navarre. Son discours mérite d'être intégralement rapporté.

«Françaises, Français, citoyennes et citoyens du monde, je viens de régler la sinistre question du terrorisme islamiste, qui empoisonne depuis vingt ans le monde occidental et a durement frappé notre propre pays. Bien entendu, le soi-disant califat d'Iraq et de Syrie a été anéanti par nos armes. Mais un mal tel que celui-là devait être également éradiqué à la racine, sous peine de renaître de ses cendres. C'est pour cette raison que les criminelles monarchies du Golfe ont été également anéanties, ainsi que le cruel régime syrien et la capitale turque certes choisie par le grand Mustapha Kemal mais qu'un tyran islamiste avait dévoyée. Un régime militaire aussi légitime que laïque a d'ores et déjà remplacé l'abominable Artaban. Tout Etat tenté de financer demain les agissements meurtriers que nous avons subi y réfléchira à deux fois, je pense.

«Cette opération de pacification n'a fait aucune victime parmi les valeureuses forces militaires françaises, dont je tiens à saluer l'efficacité et le dévouement sans faille. Comment pourrai-je également ne pas relever la compétence de notre ministre de la défense, Guillaume Vautrez, qui n'a d'égale que celles de son prédécesseur, Corentin Le Gallo, et de tant d'autres avant eux, tel Pierre Messmer dont nul, quel que soit son âge, ne doit oublier le souvenir ? Dans ces circonstances difficiles, l'union républicaine a fait ses preuves.

«Cette action humanitaire a hélas occasionné la mort d'un petit nombre de soldats américains et russes. J'ai présenté aux présidents Dump et Grozny mes plus sincères condoléances, qu'ils ont bien voulu accepter en grands chefs d'Etat qu'ils sont. Qu'ils en soient remerciés.

«Enfin, comment pourrais-je ne pas penser, au moment où je vous parle, aux victimes civiles de cette action salutaire ? J'ai pleuré pour elles, j'ai pleuré, je vous l'assure, en songeant à ces hommes et surtout à ces femmes et à ces enfants arrachés prématurément à notre affection. Mais comment auraient-ils pu nous en vouloir, connaissant la noblesse de la cause qui est la nôtre ?

«J'ai proposé et obtenu de nos amis du monde entier qu'une conférence sur l'avenir du Moyen-Orient soit prochainement organisée. L'ONU vient de nous en donner le mandat. Je la présiderai, bien sûr. Elle sera composée des ministres des affaires étrangères des Etats-Unis d'Amérique, de l'Iran, d'Israël et de Russie. Ses décisions seront sans appel.

«Françaises, Français, citoyennes et citoyens du monde, la Grande Nation française s'est une fois de plus dévouée pour le bonheur de l'Humanité tout entière. Vive la France, vive le monde libre !»

Boutefeux appela à huit heures et quart Valentin Horthy pour l'informer. Après avoir regardé en léger différé l'intervention de Brunel, l'ancien président, la bave aux lèvres, arracha la guitare des mains de son épouse, qui chantonnait tranquillement au bord de la piscine, et la fracassa sur la tête de leur jeune fils. Ce dernier dut être emmené en hélicoptère à l'hôpital sinon le plus proche, du moins le mieux équipé suivant des critères européens, pour se faire poser douze points de suture. Ce fut la fin d'un beau mariage d'amour.

La cote de popularité du président de la République passa en une soirée de 42 à 80%. En Allemagne, en Autriche, en Hongrie, aux Pays-Bas, en Belgique, en Pologne, dans les Etats des Balkans (à la rare exception de la Bosnie-Herzégovine, qui perdit dès lors toute chance d'entrer dans l'Union européenne et fut du reste annexée l'année suivante par la Serbie), l'approbation fut unanime.

Il y eut néanmoins en France des réactions hostiles. Quelques manifestations eurent lieu, vigoureusement réprimées par le ministre de l'intérieur socialiste. 362 sociologues et psychologues dénoncèrent dans une pétition vigoureuse l'islamophobie du président de la République. Quelques mois plus tard, l'enseignement de la sociologie et de la psychologie disparut dans les universités françaises au motif qu'il ne produisait que de futurs chômeurs, ce qui n'était pas totalement faux. «Ce qu'il fabriquait, surtout», remarqua Brunel, «c'est d'authentiques crétins.» La LES (loi sur l'enseignement supérieur) adoptée quelque temps plus tard, recentra l'université sur le français, le latin, l'histoire et la géographie, les sciences politiques, la philosophie, les langues étrangères, l'ethnologie et la psychanalyse. Polytechnique et l'ENA étaient évidemment supprimées. Les écoles de commerce furent nationalisées et tous ces biens confisqués alimentèrent une caisse finançant les études d'étudiants issus de milieux modestes.

Sur une suggestion aimable mais ferme du chef de l'Etat, la nouvelle première ministre, qui était une humaniste fervente quoique méconnue - surtout de ses amis politiques - , fit voter et promulguer une loi concernant les musulmans français Ces derniers n'étaient en rien stigmatisés : on ne le leur demandait que de se rendre une fois par semaine au commissariat de police le plus proche de leur domicile pour signer un document dans lequel ils se déclaraient «de fidèles citoyens de la République française, unique, indivisible et laïque.» Faute de quoi, ils seraient déchus de la nationalité française et envoyés, sans frais et avec femme(s) et enfant(s) dans un pays tiré au sort sur une excellente chaîne de télévision spécialisée dans la téléréalité. Les chiites étaient exemptés de ces formalités et l'ECF (Eglise chiite de France), tout juste créée et dirigée par un préfet, connut un afflux inouï de fidèles. Le Guide suprême était ravi et l'ambassadeur d'Iran en France, sa rémunération ayant été doublée, put s'acheter de nouveaux costumes qui ne le boudinaient plus et ne le grattaient pas davantage. Ce qu'ils ignoraient, c'était que les imams de l'ECF, fonctionnaires de l'Etat payés comme des titulaires du CAPES (la société des agrégés ayant opposé son veto à une meilleure rémunération, au motif que les imams feraient davantage d'heures hebdomadaires qu'eux) se voyaient imposer deux critères de recrutement : une adhésion totale à l'athéisme et la primauté du droit des femmes sur tout autre. Bien entendu, ils devaient également suivre des cours de persan. La France produisit dès lors d'impressionnantes quantités d'imams iranophones agnostiques et féministes.

Les échanges économiques, culturels et sexuels entre la France et l'Iran fleurirent sous couvert de religion. Lorsque le Guide suprême réalisa son erreur, il était déjà trop tard. Après que cent coups de fouet lui aient été administrés, il fut écorché vif, suivant une antique tradition perse, et sa peau vint recouvrir le fauteuil d'apparat des futurs présidents de la République iranienne. Les imams, mollahs et autres gardiens de la révolution avaient été auparavant exterminés, non sans quelle méchanceté gratuite. «Oh, ma chérie !» dit ainsi Brunel à sa femme avec laquelle il regardait le journal de vingt heures, «regardez celui-ci, on dirait qu'ils l'empalent ! Et cet autre, brûlé vif par un pneu enflammé passé autour du cou, comme en Afrique du Sud à la grande époque ! Voilà qui montre que la mondialisation a quant même du bon, avec tous ces échanges de bonnes pratiques. Et de jeunes femmes dévoilées mettent le feu au Grand Bazar ! Excellente chose, même si c'est dommage pour les tapis... Les bazaris n'auront plus les moyens de financer les mollahs - enfin, ceux qui resteront en vie. Décidément, ces gens-là n'étaient pas très populaires !»

Entre temps avait eu lieu la grande conférence sur l'avenir du Moyen-Orient. Le Kurdistan fut enfin érigé en Etat ; après quelques mois de fêtes endiablées, les Kurdes purent se remettre à leur activité favorite : se battre, mais entre eux cette fois. Les Yezidis furent également dotés d'un Etat, de la taille du Luxembourg et en plein désert, dans lequel la consommation de la laitue était interdite - ce qui ne posait guère de problème, vu le climat local -, et dont le paon était bien évidemment l'emblème national[4].

Un nouveau Royaume arabe uni fut créé. Dirigé par un authentique descendant du prophète, il comprenait la Jordanie, toute la péninsule arabique - à l'exception d'un territoire certes petit mais abondamment pétrolifère, confié à l'Iran -, et une majeure partie de l'Iraq et de la Syrie. Pour la plus grande satisfaction du président Grozny, le problème des résidus de la famille El Hassad et des alaouites en général fut résolu par la création de la petite République de Lattaquié, au nord du Liban. Enfin et surtout, la question palestinienne fut réglée par la déportation - pardon, l'installation -, des habitants de la bande de Gaza et de la Cisjordanie, sans parler bien sûr des Arabes israéliens, dans le nouveau royaume arabe uni. Ce dernier était quelque peu pollué, les radiations atomiques ne devant disparaître qu'au cours du quatrième millénaire, suivant les prévisions les plus optimistes, mais en en 2028 les statistiques de l'ONU montrèrent que moins de 95% des immigrants avaient péri ou

---

[4] Que ceux de nos aimables lecteurs qui auraient oublié ce que sont les Yezidis, abominablement persécutés entre autres par le nouveau califat islamique consultent l'excellent ouvrage de François Brousse : «*La Terreur sacrée*», pas encore édité mais qui ne manquera pas de l'être, avant le décès de son auteur, espérons-le.

souffraient de maladies dégénératives diverses et inguérissables.

La flotte française - les porte-avions «Philippe Van der Poele» et «Gilles de Rais» en tête - rapatria l'ensemble des réfugiés du Moyen-Orient présents en Europe, pour la plupart enchaînés car, bizarrement, l'idée d'un retour au pays ne les séduisait pas tous. Il y eut quelques cas de viols, de garçons surtout car la marine est ce qu'elle est, et qui furent par la suite sévèrement sanctionnés par des travaux d'intérêt général d'une quinzaine de jours. L'opération «Mamelouk» devint très populaire en Scandinavie, en Allemagne, en Grèce, en Italie et dans les Balkans, notamment.

A l'issue de la conférence, le président de la République reçut à l'Elysée les présidents Dump et Grozny, ravis, non seulement en raison de leur racisme foncier mais encore parce que le prix de leurs ressources pétrolières et gazières avait décuplé, le roi d'Arabie Hussein Ier, le premier ministre d'Israël Amos Ben Miaoumiaou et tous les nouveaux chefs d'Etat. Tous étaient souriants, rayonnants même. Aucune salade de laitue ne fut servie, par égard pour le président de la jeune république yezidie.

Nul ne s'étonna donc, à l'exception d'une poignée d'activistes écologistes et/ou salafistes - conjonction assez rare et en voie de diminution, surtout pour les salafistes pour lesquels la peine de mort avait été rétablie à titre provisoire «durant toute la durée de l'état d'urgence, à savoir neuf ans» précisait le texte de loi -, que l'Académie royale de Suède décerne à Pierre Brunel le prix Nobel de la paix. La cérémonie de remise du prix fut émouvante. Dans son discours de remerciement, le président ne manqua pas de regretter que «cette opération de pacification, dont nul ne conteste l'impérieuse nécessité, ait dû impliquer la disparition assurément tragique de femmes, d'hommes et d'enfants, sans parler des chèvres et des dromadaires.» Le montant du prix fut versé au FRAMO (Fond de repeuplement animalier du Moyen-Orient), présidé par Sylvestre Mulot, l'infatigable défenseur de la planète Terre et de l'Univers tout entier.

Peu de temps plus tard, Brunel appela le président de la Commission européenne. «Mes respects», lui dit Jean-Charles Heinkel, qui était évidemment luxembourgeois. «Que puis-je pour vous ?» «Cher Jean-Charles», dit-il, «j'ai un petit souci. L'opération «Mamelouk», vous devez vous en douter, a été quelque peu onéreuse et pèse sur nos finances publiques. Vous l'avez appréciée, je crois ?»

«O combien !», répondit sans malice son interlocuteur, effectivement soulagé d'avoir été débarrassé de la question assurément pénible, quel qu'ait été son humanisme luxembourgeoisement proverbial, posée par des réfugiés n'ayant même pas de comptes bancaires dans son pays natal.

«Donc, ce sera cinq», lui dit Brunel. «Cinq quoi ?», lui répondit Heinkel qui, comme tout les Luxembourgeois dignes de ce nom n'avait pas la comprenette facile. «Cinq pour cent de déficit budgétaire.» «Mais Elfriede ?» «Ne vous préoccupez pas de ça, Jean-Charles, occupez-vous simplement de la Commission. Au fait, ne trouvez-vous pas qu'il serait temps de mettre un terme à toutes ces procédures tatillonnes visant à lever le secret bancaire et les comptes offshore ? Tout cela est mauvais pour les échanges économiques internationaux. A très bientôt.»

Le président de la République appela ensuite Elfriede Gurkel, l'inflexible chancelière allemande. «Elfi ?» «Ja, Jean ?», répondit-elle. «C'est cinq», dit Brunel. «Cinq quoi ?», répondit Elfi, qui aurait pu être

Luxembourgeoise d'honneur. «Zinc pour zan», répondit Brunel en prenant l'accent autrichien bien épais qu'il lui plaisait d'utiliser en s'adressant à des Allemands - Bavarois exceptés -, tandis qu'il aimait parler avec un accent allemand parfaitement élégant à des Autrichiens ou des Bavarois - sans parler des Suisses prétendument germanophones que du reste il comprenait à peine. «Je veux dire que le déficit public maximum sera désormais fixé à 5%». «Aber, Jean, et la Commission ? Et puis les Grecs, et tous ces gens du Sud, pervers et paresseux, vont triompher. Ce serait immoral, et le peuple allemand serait choqué.» «La Commission est d'accord, Elfi. Le prochain sommet des chefs d'Etats et de gouvernements pourra statuer en ce sens : à ce propos, il aura lieu après-demain. Je suis du Sud, au fait, du Sud-Ouest, pour être précis. Quant au sens moral du peuple allemand, il eût été bon qu'il s'exprimât davantage entre 1933 et 1945, ne pensez-vous pas ?» Brunel raccrocha. «J'ai été trop rude, sans doute, et même un peu mufle...» se dit-il. «Mais quand cette tourte molle comprendra-t-elle que l'économie n'a rien à voir avec l'éthique ?»

Deux jours plus tard, le relèvement du niveau maximum du déficit public fut adopté à l'unanimité moins une abstention. Le président de la République ne manqua pas de tancer le premier ministre grec qui avait traité de grosse truie la chancelière allemande : «Non seulement ce n'était pas courtois, non seulement il ne faut jamais insulter un adversaire vaincu, mais de plus cette observation, dont je ne conteste pas sur le fond la pertinence, aurait pu être considérée comme antisémite, voire islamophobe, cher ami.» Alekos Psoriasis alla présenter ses excuses à Elfriede Gurkel, qui les accepta avec une mauvaise grâce non dissimulée.

2

Plusieurs mois passèrent. Le président de la République s'ennuyait. Certes, les bains de foule auxquels il s'adonnait chaque semaine étaient sympathiques et le fait que sa cote de popularité se maintienne entre 75 et 80% était satisfaisant, d'autant que celle de Natacha Radetzky-Lamarche était tombée à moins de 20%. Il était également heureux de l'accueil que lui réservaient ici et là juifs et chiites, qui commençaient à s'associer dans diverses entreprises telles que l'optique ou la charcuterie, prudemment renommée dans un premier temps «production de viande fumée ou salée hallal-kasher» avant que le grand Rabbin d'Europe et les ulemas de l'ECF ne réhabilitent le porc, cet animal si proche de l'homme, les sabots mis à part.

Natacha l'inquiétait néanmoins. Toujours aussi pâlote et de plus en plus mince - maigre, même, d'après certains - la première ministre s'obstinait à faire des réformes que même le MEDEF ne lui demandait pas mais dont Micron la persuadait qu'elles étaient indispensables. «Vous devriez faire une petite cure de thalassothérapie, ma chère Natacha, cela vous ferait du bien, croyez-moi», dit un jour Brunel à sa chef du gouvernement. Ce qu'elle fit, dans un bel établissement de la côte atlantique, moyennant quoi une gazette mal intentionnée - de centre-droit, évidemment : Brunel y avait veillé - titra «PENDANT QUE LA FRANCE DU BAS SOUFFRE, NRL SE COINCE LES BULLES !» Des photos suggestives montraient la première ministre, pas si maigre après tout, les pointes des seins joliment dressées, trempotant dans un bain d'algues. Elles furent toutes reproduites dans la presse quotidienne régionale, les hebdomadaires people et les réseaux sociaux. La cote de popularité de NRL tomba à 10%. «Quels salopards sexistes !» dit à sa première ministre le président, «Ignorez-les !»

A part cet épisode divertissant, il y avait certes eu des moments cocasses, comme l'adhésion au Parti socialiste d'un bon quart des élus des Faisceaux français, orphelins galvanisés par l'opération Mamelouk. En bon trotskyste, Camberaberi les accueilla volontiers. Cet épisode fut la goutte d'eau qui fit déborder pour de nombreux socialistes un vase déjà passablement rempli. Les mutins fondèrent un nouveau parti : AGT !, soit A Gauche Toute ! Apprenant la nouvelle, Valentin Horthy écuma : «Ces salauds m'ont volé mon T ! Quels cons, ces Agostini et François-Xavier !» Il faut dire que l'ancien chef de l'Etat faisait plus que s'ennuyer, lui. Après le départ d'Evita et de leur fils Nicolas, qu'il n'avait plus revus depuis - Evita étant retombée dans les bras d'un de ses anciens amants, star de la pop-music qui lui avait jadis fait découvrir les délices de la sodomie -, il en avait été réduit à jouer à d'interminables parties de go, de dames, de crapette et de gin-rummy avec Boutefeux venu lui apporter son fidèle et affectueux soutien. Le fait que ce dernier perde toujours ne le consolait pas. Aucune demande de conférence ne lui était parvenue depuis six mois, et le monarque qui l'hébergeait commençait à lui signifier discrètement que son départ serait le bienvenu : ainsi, c'était Boutefeux qui devait faire le ménage et la cuisine, le personnel affecté à ces tâches ayant un jour mystérieusement disparu. Ils ne mangeaient donc plus que des pizzas surgelées hallal parfaitement innommables. L'eau de la piscine au bord de laquelle Evita gratouillait gentiment sa guitare il y avait de cela si peu de temps commençait à être recouverte d'une mousse verte et nauséabonde.

Brunel n'avait pas l'intention de s'impliquer - pour le moment - dans la vie politique française : 2022 était encore loin. Il recevait - à gauche, à droite, au centre -, écoutait, mais ne disait mot. «Attendez, et ne compliquez pas la tâche de la première ministre/du premier secrétaire/du chef de votre parti», tel était son seul message. Chaque semaine, il se rendait au chevet de Jérôme Alun et de l'ancienne Garde des sceaux, qui ne le reconnaissaient évidemment pas : mais cela faisait d'excellents sujets pour les magazines. Et puis, il aimait bien la *Légende des siècles, Les Nuits* de Musset et *Les Fleurs du Mal*, l'antépénultiéme ministre de la justice ayant élargi son répertoire. Dans le même esprit, tous les mois, il allait se recueillir sur la tombe de son prédécesseur : «il doit être moins boudiné dans son costume, maintenant», se dit-il un jour, «Allez, les vers !»

3

Un événement réveilla son attention : la mort subite et amusante du premier ministre britannique. Le Brexit avait ouverte en Grande-Bretagne une période qualifiée plus tard comme celle des *«flying PMs»* - en français, la valse des premiers ministres.

Après la défaite de John Sargent, en 1996, le parti conservateur s'était vu affublé, élections après élections, de chefs d'une incompétence exceptionnelle jusqu'à l'avènement de Charles Anthony William Winterbourne, dit Tony Winterbourne. C'était un fringant quinquagénaire issu d'une famille opulente et son parcours avait été aussi impeccable que son sourire et sa coupe de cheveux : Eton, Oxford, une vague activité professionnelle dans une banque puis un siège de MP dans une circonscription héritée d'un vieillard cacochyme qui dans sa prime enfance avait sauté sur les genoux de Winston Churchill. Il avait épousé la ravissante Clarissa Brandonthwaithe, qui lui avait donné trois beaux enfants. A quarante ans, il avait succédé à la tête du parti conservateur à Lewis Tweedledumdee, un homme exquis mais particulièrement inepte qui n'avait toujours pas pleinement digéré que Sa Royale Majesté ne régnât plus sur les Indes et surtout sur la Rhodésie, où il était né dans l'immense plantation que possédait sa famille, par ailleurs originaire du comté de Salop renommé comme on sait non en raison des moeurs dissolues de ses habitantes mais pour ses excellents fromages.

Situé un poil plus à gauche que ses prédécesseurs du New Labour, Toby Shortnose et Archibald Sapphire, Tony Winterbourne s'était installé au 10, Downing Street en rendant un vibrant hommage à quelques uns de ses prédécesseurs, dont Arthur Bonar Law et Stanley Baldwin ainsi sortis un court instant de l'oubli dans lequel leur insigne médiocrité - qui ne les rendait que plus chers au coeur des tories - les avait plongé depuis des décennies. Il s'était ensuite attaché à faire des réformes dont le seul but était de réduire à néant le poids électoral de ses alliés libéraux-démocrates dirigés par William Baldegg, un bel homme aussi bête que charismatique.

Aux élections générales de 2015, les lib-dem une fois liquidés, il avait eu à faire face à un étrange duumvirat travailliste constitué de jumeaux gallois, John et Jack Jones. En fait, ces deux frères nés de parents anticonformistes snobs et végétariens se nourrissant essentiellement de poireaux emblématiques de leur origine nationale, s'appelaient tous les deux John. Pour des raisons de commodité jugées par eux aussi vulgaires que les origines sociales de Margaret Thatcher et de John Sargent - «Pensez ! Une fille de boutiquier et un fils d'acrobate de cirque ! Ces satanés conservateurs n'ont aucune dignité !», l'un des John répondait au diminutif de Jack. C'était le seul détail permettant de les distinguer. Les jumeaux se détestaient depuis toujours mais s'étaient mis officiellement d'accord pour tirer à la courte paille lequel d'entre eux deviendrait premier ministre en cas de victoire travailliste. Les bookmakers donnaient John vainqueur de Jack à deux contre un, leur favori étant jugé encore plus insignifiant que son frère. Le triomphe des nationalistes écossais mit fin à ces spéculations. Les Tories gagnèrent haut la main les élections générales.

Après son triomphe électoral, Tony Winterbourne avait coulé des jours heureux à la tête du Royaume-Uni. Il ne faisait rien et la reine l'appréciait, quoique à vrai dire, dans son grand âge, elle ait eu tendance à le confondre avec Anthony Eden, Harold Macmillan et Alec Douglas-Home qu'elle avait tant aimé jadis pour leur extrême courtoisie et la remarquable pertinence de leurs observations météorologiques.

Le premier ministre était néanmoins turlupiné. Pour surmonter les dissensions du parti conservateur, il avait cru habile de promettre qu'un référendum serait organisé sur l'appartenance du Royaume-Uni à l'Union européenne. Un petit parti sécessionniste avait obtenu des résultats surprenants aux élections européennes - un comble ! - et deux de ses rivaux le tannaient pour qu'il respecte son engagement : l'ex-maire de Londres, Ethelred Grock, aussi flamboyant que peroxydé, et Lewis Tweedledumdee, devenu ministre des affaires étrangères, que Winterbourne, espérant de juteuses concessions de l'Union européenne, avait soigneusement tenu à l'écart des négociations avec «ces foutus étrangers», pour reprendre l'une de ses expressions favorites, et envoyé au Zimbabwe qui n'était autre, comme il le découvrit avec stupéfaction, que sa Rhodésie natale, afin de discuter d'un accord de libre échange portant essentiellement sur la jelly, d'une part, et les patates douces, de l'autre. Il trouva particulièrement charmant le président Gangabe, dictateur particulièrement sanguinaire - «enfin, pour un natif, vous voyez ce que je veux dire, courtois et toute cette sorte de choses».

Le référendum sur le Brexit devait être le Waterloo de Winterbourne. Ce fut son Trafalgar, juste retour des choses pour un homme qui avait l'habileté tactique d'un fruit de mer.

Ethelred Grock lui succéda. Il n'inspirait guère Brunel, qui le considérait comme un histrion pittoresque mais creux et avait observé non seulement que ses chaussettes fort courtes tirebouchonnaient mais que de surcroît ses chaussures étaient mal cirées, deux traits éminemment choquants chez un Anglais de la bonne société, ce qu'Ethelred était indubitablement. C'était en effet un vague cousin de la reine, tout en ayant une relation de parentèle avec un ancien haut dignitaire de la dynastie persane des Qadjars. Sévissant dans diverses feuilles de chou conservatrices, il avait épousé la gracieuse Prudence Boot, fille du comte de Pomfrit, avant de se lancer avec succès dans la politique.

En dehors du Brexit, auquel d'ailleurs il ne croyait pas, Ethelred Grock n'avait aucun programme. Cela tombait bien, car un mois après son entrée au 10 Downing Street, il s'évapora comme la brume le fait de temps en temps sur la Tamise. Qu'un premier ministre britannique disparaisse pendant plus d'une semaine ne prête guère à conséquence. Passé le choc du résultat du référendum, les Anglais continuaient à boire du thé à cinq heures, à tondre leur gazon, à faire sagement la queue à la porte des grands magasins - c'était la saison des soldes - et à parler du temps, «plutôt pluvieux, mais avec de jolies éclaircies en fin de journée, charmant, ne trouvez-vous pas ?». Puis ils allaient au pub le plus proche de leur lieu de travail ou de leur domicile pour y aligner pintes de bière et verres de vin blanc (californien ou sud-africain, de cépage Chardonnay en tout cas) et de whisky. Les Ecossais chantaient dans leurs pubs, alignant pintes de bière et verres de whisky additionné de dix à vingt gouttes d'eau de source, en évoquant la victoire de Robert Bruce sur les Anglais à Bannockburn en cette belle année 1314. Les Gallois chantaient dans leurs pubs, alignant pintes de bière et verres de whisky sans eau en regrettant l'heureux temps des vertes vallées et des charmantes mines de charbon bien noires. Les Irlandais du nord chantaient dans leurs pubs, alignant pintes de bière et verres de whiskey allongé de deux à dix gouttes d'eau en évoquant la mémoire de Guillaume d'Orange, ce héros certes étranger mais anti-papiste.

Seule Prudence Grock s'alarmait. Dès le lendemain de la disparition de son mari, elle avait alerté le ministre de l'intérieur. Le Home Office avait mis sur le coup Scotland Yard et le MI6, sans résultat. Le premier ministre n'avait pas de liaison extra-conjugale connue qui eût motivé de sa part une escapade inopinée, montra l'enquête, et aucune compagnie de transport aérien n'avait eu de voyageur répondant à son signalement. Comme il n'y avait aucune raison de croire qu'Ethelred Grock était de tempérament suicidaire, on pouvait raisonnablement penser qu'il n'avait pas pris le train, compte tenu de l'état du réseau ferroviaire britannique depuis sa privatisation.

Au bout de neuf jours, néanmoins, la nouvelle finit par s'ébruiter, grâce à des policiers éminemment corruptibles et de ce fait corrompus par les médias. Ces derniers s'en donnèrent à coeur joie - leurs Unes sont ici reproduites en VO pour en restituer toute la saveur. «ETHELRED, WHERE ARE YOU, WE MISS YOU !», s'exclamait le *Daily Beast*, le *Daily Excess,* quant à lui (ces deux quotidiens ayant le même propriétaire, le jovial octogénaire Robert Truefuck qui venait de convoler en justes et cinquièmes noces avec une délicieuse thaïlandaise de soixante ans sa cadette) titrant : «COME BACK, ETHELRED,

WE NEED YOU !» Le *Times* était comme à son habitude plus circonspect et centré sur l'économie: «PM's DISAPPEARANCE AFFECTS LONDON MARKET». Seul le *Guardian* se montra quelque peu irrévérencieux, titrant «GOOD NEWS AT LEAST ! GROCK IS MISSING. WE WONT MISS HIM !»

Dans une charmante petite rue du Strand vivaient Lord et Lady Steed-Asprey, un couple sans histoire sinon sans fortune. Lord Steed-Asprey lisait tranquillement son journal, fraîchement repassé par son valet, quand son épouse lui fit remarquer, entre deux bouchées de kipper, qu'une épouvantable puanteur s'infiltrait depuis quelques jours dans leur modeste maison de 787 mètres carrés. «Oh, vraiment ?», lui répondit son mari qui consultait les résultats de l'avant-dernière manche du test-match de cricket opposant l'Angleterre au Pakistan, et qui n'étaient pas très encourageants. «Je vous l'assure, mon chéri.» «Ce doit être un rat mort. Faites venir un spécialiste de cette sorte de choses. Au fait, n'oubliez pas que nous dînons samedi avec les Blackbottom, que Dieu les emporte, ces insupportables raseurs ! Il faudra que mon smoking soit fraîchement repassé. Mais à quoi pensait votre soeur quand elle a épousé cet ahuri ? Je me le demande encore, trente ans après. Et quels ingrats, ces Pakistanais ! Quand je pense que nous leur avons tout appris ! Et qu'en font-ils, rien !»

Le dératiseur appelé par Lady Steed-Asprey inspecta les trois étages de la demeure familiale sans y trouver quoique ce soit de suspect. «Ca pue, ça c'est sûr, mais ça doit venir du sous-sol», conclut-il. Un serrurier convoqué à cet effet ouvrit la porte du studio situé dans le *basement* de l'immeuble. C'est ainsi que fut découvert le corps du premier ministre, qui commençait à se décomposer. Ethelred Grock était revêtu d'un soutien-gorge, d'un string et de porte-jarretelles empruntés à sa femme - laquelle avait soupçonné l'une des femmes de ménage du 10 Downing Street d'avoir commis ce larcin, la malheureuse ayant été renvoyée sans autre forme de procès. Un sac en plastique lui enserrait le cou. «Suffocation», dit sobrement le coroner. «Il dû bander sec avant de clamser !», ajouta-t-il à l'attention de son assistant. C'était un cockney sans éducation.

L'affaire fut soigneusement étouffée. Robert Truefuck y veilla. Officiellement, le premier ministre était mort d'une crise cardiaque. A titre posthume, il fut nommé chevalier de l'Ordre de la Jarretière (ce qui l'aurait certainement ravi) et promu comte de Harrod, au titre notamment du montant des achats effectués par son épouse dans le grand magasin éponyme. Cela mit du baume au coeur de sa veuve. Prudence était sincèrement affectée, et pas seulement en raison des circonstances de la mort d'un mari séduisant dont la part d'ombre lui avait totalement échappé. Mais ce deuil venait s'ajouter à un autre, encore frais dans sa mémoire : un an plus tôt, son père était mort de la rage après avoir été mordu par son chien préféré qui venait de déchiqueter un renard à l'issue d'une mémorable partie de chasse. Elle ne versa pas de larmes - ce n'était pas une Boot pour rien - mais confia sobrement ses regrets à sa fille Safety : «Ton père dansait si bien ! Et quel merveilleux joueur de cricket c'était... Sans parler de ses enchères au bridge !»

Mais elle se retrouvait désormais aussi titrée, sinon davantage, que ses frères (Alfred, quinzième comte de Pomfrit, et Lord Alexander Boot), qu'elle n'aimait plus guère depuis qu'ils lui avaient fait sentir qu'épouser un roturier, fût-il de bonne famille, abaissait leur auguste maison. De plus, ayant fréquenté grâce à son mari des gens amusants et plus ou moins cultivés, les sortes d'aboiement brefs et rauques qui servaient de moyens de communication à

Alfred et Alexander lui étaient devenus insupportables.

En fait, le Brexit avait ravi Pierre Brunel, qui était profondément anglophile : il aimait la bruine tombant doucement sur Londres, les autobus à impériale, Shakespeare, Marlowe, Jane Austen, Dickens, Trollope, Evelyn Waugh, Anthony Powell, Julian Barnes et Ian McEwan (entre autres), les boîtes aux lettres rouges, le steak and kidney pie, la Newcastle Brown Ale (servie tiède), les jardins fleuris s'épanouissant sous un soleil aussi délicieux que fugace, les thés d'Assam et de Darjeeling et même les sandwichs au concombre - rare sujet de dissentiment avec son épouse bien-aimée. Le jour de Noël, tous les ans, le repas familial se concluait par un Christmas Pudding de Fortnum and Mason flambé au rhum de la Barbade. Et puis, il révérait Winston Churchill et avait admiré sans réserve l'attitude du peuple anglais pendant la deuxième guerre mondiale, contrastant cruellement avec l'abandon obscène de tant de Français à la collaboration avec l'occupant allemand dont les saucisses n'arrivaient pourtant pas à la cheville - si l'on peut dire - de leurs consoeurs toulousaines.

Parce qu'il aimait l'Angleterre pour son extrême singularité, il avait trouvé incongrue son entrée dans l'Union européenne. En plus, le Royaume-Uni, depuis des décennies, n'était plus qu'une annexe diplomatique et militaire des Etats-Unis d'Amérique, son ancienne colonie: un comble ! Le Brexit remédiait à ces absurdités.

Les Tories avaient choisi un Ecossais pour succéder à leur clown défaillant, espérant ainsi neutraliser les pulsions indépendantistes du nord de l'île. Leur choix ne s'avéra pas judicieux.

Alastair Mac Mick, le chancelier de l'Echiquier, était en effet un Ecossais presbytérien de pure souche, rigoureux, sinistre et farouchement opposé à l'indépendance de son pays natal : son clan avait toujours soutenu les Campbell, honnis des Stuart et infatigables défenseurs des Hanovres devenus les Windsors grâce à Guillaume II.

Dans un sommet européen convoqué pour examiner les conséquences du Brexit, son plaidoyer pour ce qu'il appelait «une transition douce» n'eut guère de succès.

Elfriede Gurkel se méfiait du président français mais n'avait aucune intention d'aller au secours d'un chef de gouvernement dont le lointain prédécesseur, une sorte de vieux bulldog alcoolisé et tabagique ressemblant à Mireille Autry, qu'elle détestait, et qui avait rasé à grands coups de bombes incendiaires ces villes d'Allemagne de l'est qu'elle aimait tant, tuant au passage une bonne partie de sa famille. Le premier ministre croate ne demandait qu'à la suivre. Le président du conseil espagnol, Manuel Lopez y Lopez de Sanchez, se disait que la sortie du Royaume-Uni de l'Union européenne pourrait peut-être enfin permettre à l'Espagne de récupérer Gibraltar et d'en dégager les singes hideux et les Anglais rougeauds qui occupaient indûment cet ilot emblématique de la Reconquista sur les Maures.

Comme en 1939-1945, la Suède resta neutre. Ayant la veille disputé un rallye sur glace de vétérans suivi d'une soirée particulièrement arrosée, le premier ministre finlandais, mal sorti d'une hébétude dont même une séance de sauna suivi d'une plongée dans la neige ne l'avait pas sorti, était absent. La Belgique était privée de gouvernement depuis six mois - elle ne s'en portait que mieux, du reste - et n'était donc pas représentée au Sommet de Bruxelles. Le Danemark n'avait pas oublié la destruction de sa flotte par la *Royal Navy* à l'époque des guerres napoléoniennes, ni le Portugal l'humiliante hégémonie britannique sur les grands crus de Porto. Le président du conseil italien, Vannino Vannini, un bon catholique socialisto-communisto-centriste de centre-gauche et de centre-droit, n'avait pas pardonné la suppression par Henri VIII des ordres monastiques fidèles à Rome et la confiscation de leurs biens par la Couronne. Alekos Psoriasis se sentait redevable à l'égard du président français.

Les Maltais étaient anglophobes, les Roumains francophiles, les Bulgares russomanes et Pierre Brunel et Ivan Grozny, devenus les meilleurs amis du monde, leur avaient expliqué ce qu'ils devaient faire, moyennement des versements monétaires non négligeables sur des comptes luxembourgeois parfaitement sûrs. Tous les autres se moquaient comme d'une guigne d'un sujet qui ne les intéressait absolument pas. La proposition du président français - «Appliquons avec fermeté les conséquences du Brexit !» - fut donc adoptée à une écrasante majorité.

De retour à Londres, Alastair Mac Mick, qui n'était pas renommé pour ses talents de tacticien ni d'orateur, fit un discours qu'il trouvait très beau (il fut le seul de cet avis) dans lequel il exprimait sa joie de voir le Royaume-Uni retrouver son unité et sa pureté originelles.

« Nous voici ainsi débarrassés des *Froggies* et des *Huns*[5] ! C'est un beau jour pour la Grande-Bretagne ! »

Au même moment, Brunel rencontrait la première ministre écossaise, Ursula Undressed, née Farqharson, surnommée Doctor No car elle était médecin de formation et d'une indulgence limitée face à toute tentative de contestation. « Ah, Ursula, comme vous êtes belle ! », lui dit-il, quelque peu mielleux, « si nous n'étions pas tous deux heureux en ménage ! Du moins, restaurons la vieille connivence entre la France et l'Ecosse ! » La sculpturale première ministre n'était pas dupe. Elle était toujours amoureuse de son mari, un psychanalyste petit, roux et juif, et savait que son interlocuteur était aussi fidèle qu'elle. Mais par ailleurs elle haïssait les Anglais et, plus encore, ce traître de Mac Mick. L'un de ses lointains ancêtres avait perdu la vie et - fait encore plus grave - tous ses biens meubles et immeubles en combattant pour la cause héroïque des Jacobites. « Et si vous refaisiez un référendum ? », lui suggéra le président. « C'était précisément mon idée ! » lui répondit la belle Ursula.

---

[5] *Froggies* se passe de commentaire. *Huns* est l'affectueux sobriquet dont les Britannniques affublèrent les Allemands pendant la première puis la deuxième guerre mondiale.

Au balcon de la mairie d'Edimbourg, Brunel prononça un discours qu'il conclut par un «Vive l'*auld alliance et* vive l'Ecosse libre !». Ce fut un franc succès.

Trois mois plus tard, les Ecossais votèrent massivement en faveur de la sortie du Royaume-Uni de la Nation du chardon et de l'adhésion de celle-ci à l'Union européenne. Le lendemain du référendum, le Prince de Galles, encadré par John et Jack Jones, proclama l'indépendance de sa principauté au balcon de l'hôtel de ville de Cardiff, avant de jeter des bottes de poireaux à la foule, qui le porta en triomphe jusqu'à sa résidence. «A plus de soixante-dix ans, je vais enfin régner sur quelque chose !» dit-il à Glenda, son épouse, dont il venait de retirer la petite culotte pour la renifler avec amour. «Et bien fait pour la vieille bique et son abominable consort !»

En urgence, Mac Mick convoqua une réunion de cabinet. Il pensait vaguement à une intervention de l'armée. Malheureusement pour lui, le ministre de la défense, Alfred Llelewyn-Davies, certes tory mais avant tout attaché à son Pays de Galles natal, avait donné une permission de quinze jours à l'ensemble des forces militaires britanniques avant de rejoindre Cardiff pour prononcer son allégeance à son tout récent monarque. Les officiers et soldats gallois s'étaient repliés avec armes et bagages sur la frontière anglo-galloise, l'investissant au côté de milices équipées de pics de mineurs, de fourches et de poireaux aux têtes cloutées ainsi transformés en matraques. Les militaires écossais avaient fait de même, les chardons remplaçant les poireaux.

Hébété, accablé, le premier ministre démissionna non sans avoir informé de la situation la reine qui avait un peu de mal à comprendre ce qui se passait. «Mais pourquoi Tony Edenmacdouglaswinbournemillanock n'est-il pas là ?», demanda-t-elle à son aide de camp. «Ils sont tous morts, mam» lui dit ce dernier. «Vraiment, quelle pitié ! Mais rien de grave, j'espère ! Envoyez-moi le suivant demain, après mon essayage de chapeaux. Décidément, tout cela est bien fâcheux, et Arthur» (son consortial époux) «ronfle de plus en plus fort : je l'entends à cinquante yards de distance», répondit-elle, «et que dit-on du temps pour demain ?» «Pluvieux, mam, avec une éclaircie en fin de journée.» «Charmant. Alors, au moins, je pourrai sortir les chiens.»

Ainsi, l'Union européenne perdit un membre et en gagna deux.

La reine dut prononcer deux discours du trône au lieu d'un, ce qui ne la dérangeait pas puisqu'elle pouvait ainsi faire voyager davantage ses corgies bien aimés et ne comprenait rien - mais ce n'était pas nouveau - à ces textes incompréhensibles qu'on lui faisait anonner, sans chapeau en plus. Au Pays de Galles, en visite officielle, elle rencontra un homme relativement âgé mais d'une assez belle prestance dont les grandes oreilles lui rappelaient quelqu'un et qui l'appela non pas mam mais mama, contrairement à tous les usages. «Mais qui était-ce ?», demanda-t-elle à Arthur, qui n'avait pas manqué de pincer les fesses d'une certaine Glenda, un peu vieille à son goût - rien à voir avec la reine d'Espagne, dont le postérieur lui avait laissé un souvenir ému. «Je ne sais pas. Un lointain parent, je pense, ou un ancien rugbyman, peut-être : les Gallois n'étaient pas mauvais à ce jeu, jadis. Ne t'en fais pas, mon petit chou. Au fait, nous devrions avoir un peu de pluie demain, avec une éclaircie en fin de journée. Un temps idéal pour se promener avec les chiens !» Puis Arthur s'endormit, ses vigoureux ronflements couvrant le léger ronronnement produit par le moteur de la Rolls-Royce royale.

La fin du Royaume-Uni fit une victime innocente. Alastair Mac Mick était indéniablement écossais, il ne coulait en ses veines aucun sang anglais, gallois ou («Thanks God !», comme il se plaisait à dire) irlandais. Ursula Undressed lui dénia tout droit à bénéficier de la nationalité écossaise, non sans raisons personnelles et politiques. Les frères Jones, premiers ministres du Pays de Galles par alternance semestrielle, avaient refusé sa demande de naturalisation. Ruinée par ses soins, l'Angleterre refusa également d'en faire (ou refaire) un sujet de Sa Gracieuse Majesté, laquelle avait sombré dans un coma profond d'où elle ne sortit que pour mourir, vingt ans plus tard.

Enfin devenu premier ministre, Lewis Tweedledumdee avait mis tout son poids dans la balance pour empêcher que «ce satané Alastair», comme il disait, «qui a tout fait en son temps pour me barrer la route du 10, Downing Street» devienne Anglais. Dès lors Mac Mick, apatride, campa à l'aéroport d'Heathrow avec son sac de couchage. Des touristes humanistes, indiens ou pakistanais surtout, le nourrissaient de temps en temps de cacahouètes ou de barres chocolatées. Il réussit à se faufiler dans un avion en se coulant - il avait beaucoup maigri - dans la trappe d'un train d'atterrissage. Quand celle-ci s'ouvrit à proximité de Nairobi, il était tellement frigorifié qu'il n'avait plus de force pour s'accrocher à quoi que ce soit et fit une très belle chute dans une mer assez chaude, bouillonnante même. Les requins passablement gloutons et très affamés qui rôdaient par là l'apprécièrent énormément. Non seulement leur nourriture habituelle, composée pour l'essentiel de pêcheurs somaliens et djiboutiens complétés de temps à autre par des marins victimes de la piraterie, plus dodus mais trop rares, s'était réduite, mais encore elle avait depuis quelque temps un aspect phosphorescent bizarre et un arrière-goût carrément immonde. De plus, certains bébés requins étaient nés récemment avec deux nageoires, voire trois, et d'autres sans dents. Leurs parents les avaient mangés, mais ils n'étaient vraiment pas bons.

Au delà de ce cas individuel assez injuste, le paysage politique des îles britanniques était fixé pour longtemps. En Angleterre, il y avait une écrasante majorité tory, avec une opposition travailliste maigrelette. En Ecosse dominait une écrasante majorité nationaliste, avec une minorité partagée entre travaillistes (de droite) et lib-dem (de gauche). Au Pays de Galles, une très nette majorité de travaillistes se trouvait vaguement confrontée à des lib-dem faméliques et des conservateurs ravalés au rang d'espèce en voie de disparition. Le Prince et les frères

Jones s'entendaient comme des larrons en foire et entendaient faire de leur pays la première Nation écologique du Monde, sous l'égide de leur poireau bien aimé.

4

Les attentats du 22 mars 2016 avaient profondément attristé le président Brunel. Il adorait la cuisine belge, le homard en waterzooi et les anguilles au vert, notamment, bien qu'il ne crachât point sur les moules-frites. Roger Van der Weyden et les frères Van Eyck figuraient parmi ses peintres favoris, tout comme Magritte et Delvaux pour évoquer une période plus récente, et c'était un tintinophile avéré. Il ne se lassait pas de revoir Anvers, Bruges et Gand, surmontant grâce à la beauté des lieux son aversion pour la langue flamande, cette espèce d'éructation gutturale à peine moins laide que sa cousine néerlandaise ou même que l'arabe, de moins en moins parlé heureusement grâce à ses soins attentifs. Il aimait bien Bruxelles tout en regrettant que cette ville jadis magnifique ait été défigurée tant par des promoteurs sans scrupules que par la Commission européenne dont l'armada de parasites administratifs représentait pour lui l'acmé d'un libéralisme à peine moins détestable que le fanatisme islamique. Il avait du reste veillé, au lendemain du Brexit, à ce que les fonctionnaires anglais soient rayés des cadres et renvoyés chez eux, en avion, par bateau ou à pied car Eurostar n'existait plus, le tunnel sous la Manche ayant été transformé en voie piétonnière pour la plus grande joie des migrants, des renards, des chiens errants et autres bestioles souvent enragées. En souvenir de feu son père, la comtesse de Harrod militait vigoureusement pour la fermeture de «cette chose répugnante» qui entachait son admiration pour Mrs Thatcher, encore vive malgré les origines sociales assez navrantes de cette dernière.

La Belgique posait aux yeux de Brunel un problème existentiel. Historiquement, elle n'avait aucune réalité. Au fil des caprices de l'Histoire, ce petit bout des Pays-Bas était devenu une possession bourguignonne, espagnole puis autrichienne. Une élite francophone en avait fait un Etat, opprimant sans scrupules de malheureux flamingants aussi catholiques que leurs maîtres, mais moins puissants et demeurés généralement analphabètes grâce à l'Eglise catholique. L'Etat belge avait rempli vaille que vaille son rôle, malgré deux invasions germaniques assez désagréables, avant de se liquéfier peu à peu comme un morceau de sucre trempé dans de l'eau tiède. Après le bref moment d'unité provoqué par les attentats islamistes, les querelles linguistiques avaient repris de plus belle outre-Quiévrain.

Pierre Brunel trouvait les Belges sympathiques mais stupides. S'ils avaient eu le moindre soupçon d'intelligence, ces ahuris auraient dû comprendre qu'un bilinguisme intelligemment appliqué leur aurait donné un double accès aux langues romanes et germaniques, culturellement et économiquement précieux. Et comme il recommençait à s'ennuyer, Brunel décida de s'occuper de ce sujet. Chez un libraire spécialisé dans l'Histoire, il avait trouvé un ouvrage intitulé «*Des traités signés par nos augustes Majestés Louis les quatorzième et quinzième*» et imprimé par privilège royal en 1762.

Pour ceux très rares de nos lecteurs qui ne se souviennent pas en totalité de l'histoire de l'Europe au dix-huitième siècle, rappelons que la guerre de succession d'Autriche s'était terminée par une éclatante victoire des troupes françaises[6] dirigées par le Maréchal de Saxe, un militaire étranger dont la saleté n'avait d'égale que le talent. La France, ainsi victorieuse des Autrichiens et des Anglais, avait totalement conquis les Pays-Bas autrichiens. Peu inspiré en

---

[6] Fontenoy, bon sang (1745) ! J'ai l'impression que vous ne suivez plus. Ressaisissez vous!

général tout au long de sa vie, sauf par les femmes, Louis XV avait restitué les Pays-Bas autrichiens au Saint-Empire en signant le traité de Maestricht et c'est son allié brandebourgeois qui avait bénéficié des succès français, d'où l'expression «travailler pour le roi de Prusse».

Mais un codicille du traité spécifiait que «si le Saint Empire Romain Germanique et sa dynastie régnante en venaient à trahir leur indéfectible amitié avec le royaume de France, icelui serait en droit de lui demander de restituer les territoires communément dénommés 'Pays-Bas autrichiens'».

Il était clair qu'en participant à toutes les guerres dirigées contre la jeune République française, puis l'Empire et enfin la IIIème République, les Autrichiens avaient manqué à leurs engagements. «Ca peut se plaider, ça peut se plaider» dit, songeur et amusé, un conseiller d'Etat appelé pour une consultation par le président. C'était un ami et un homme d'une extrême discrétion.

Pierre Brunel se frotta les mains. «Ca ne va pas être triste !» dit-il à sa femme. «Au moins, tu ne vas plus t'ennuyer», lui répondit celle-ci. Ils s'embrassèrent tendrement.

Le président commença par changer de chef d'Etat-Major. L'amiral d'Aulx avait fait son temps : il lui fut simplement demandé, comme ultime service, d'envoyer un sous-marin nucléaire croiser dans la Mer du Nord et on le nomma derechef directeur du musée de la Marine, ce qui le ravit : toutes ces belles maquettes à contempler des journées entières ! Dans son exaltation, il honora son épouse le soir même, se trompant d'orifice et lui faisant ainsi un dixième enfant prénommé Jean et dont le chef de l'Etat fut le parrain. Dans l'église Saint-Louis des Invalides, pour une fois utilisée à des fins non morticoles, Monseigneur Vingt-Quatre tint lui-même le nouveau né sur les fonds baptismaux. Après quoi le petit Jean, visiblement impressionné, vomit abondemment sur la belle robe toute neuve de sa tante et marraine, Albertine du Cassepot.

Pour remplacer l'amiral, Brunel choisit le général Philippe Pétun, qui avait mené avec brio la campagne militaire du Mali. Le général était un bon catholique, bien entendu, révulsé par la pilule, l'avortement (*C'est Mozart qu'on assassine* avait été longtemps son livre de chevet), le concubinage, le PACS et, cela va sans dire, le mariage pour tous. Il n'avait jamais vu nue son épouse, Blandine née de Sainte-Colombe, et ne pratiquait évidemment que la position du missionnaire («Quels chrétiens admirables ! Un exemple pour nous tous»), enlevant pour l'occasion son pantalon de pyjama tandis que sa moitié relevait jusqu'à ses hanches sa chemise de nuit pour d'évidentes raisons de commodité pratique. Huit enfants étaient nés de cette admirable union, tous placés dans des institutions éducatives catholiques, deux d'entre eux ayant échappé par miracle à des attouchements ou autres viols perpétrés par de bons pères que la gériatrie n'avait jamais intéressés.

Dans l'antichambre élyséenne, le général se sentait boudiné dans un uniforme de parade qu'il n'avait plus porté depuis des années. En 2003, l'armée de terre, en quête d'économies, avait commandé à un tailleur laotien de passage à Paris douze uniformes assez mal taillés dans une matière indéfinissable quoique assurément synthétique, à coup sûr grattante et déclinés dans seulement deux tailles : M et XXL.

Philippe Pétun, qui dans le civil s'habillait en L, avait choisi le M, ce qui s'était avéré être une erreur. Sur le terrain, il portait des tenues taillées à sa mesure, mais là, pour un entretien pouvant se révéler décisif quant à la suite de sa carrière, il avait réendossé cette calamité vestimentaire. En plus, ses brodequins tout neufs couinaient.

«Vous fumez[7] ?», lui demanda, taquin, le chef de l'Etat. «Euh, non» répondit le général dont le niveau de culture générale était assez modeste. «Bon, passons et venons-en à l'opération Ambiorix.» Le plan du président enthousiasma Pétun. De retour chez lui, deux heures plus tard, il se dévêtit prestement dans le couloir d'entrée, empoigna Blandine, stupéfaite et interrompue dans un patient travail de broderie qui représentait Jeanne d'Arc entendant des voix, l'entraîna dans leur chambre, lui arracha tous ses vêtements, constatant au passage qu'elle avait de beaux seins ronds et un derrière aussi ferme que joufflu, et la prit sauvagement en levrette tel un soudard teutonique. Ils jouirent à l'unisson. «Ah, ma chérie, quel bel orgasme ! Il faudra le refaire...» «J'espère bien, et Orgasme, quel joli prénom ! Je ne connaissais pas ce saint» lui répondit son épouse tout alanguie.

L'opération Ambiorix eut lieu en août. Le jour J, au petit matin, une longue colonne de véhicules blindés passa la frontière et fonça vers Bruxelles. Comme elle ne dépassait pas les

---

[7] Rappelons que *fumer* et *pétuner* étaient synonymes au dix-septième siècle.

120 kmh autorisés sur autoroute en Belgique, aucun gendarme royal ne se crut autorisé à verbaliser les conducteurs de ces véhicules. Néanmoins prévenu de cette intrusion inopinée, le commandant en chef de l'armée royale, Gérard Malvaux-Degritte ne s'émut pas outre mesure. Dans le passé, l'envahisseur - allemand, bien sûr - passait soit par l'est, soit au sud par les Ardennes. «Ce doit être des manoeuvres, une fois», dit-il à Rik Van Steenlooybergen, son aide de camp avec lequel il petit-déjeunait, «ils ont oublié de nous prévenir, voilà tout, une fois. Quelles têtes en l'air, ces Français ! Allez allez, reprenons de la chicorée, et quelques tartines aussi, une fois, avant les prâlines.» Un nouveau coup de fil l'inquiéta. Le général Mirxx lui annonçait que sa division blindée, elle même en manoeuvres dans les Ardennes, avait repoussé une attaque ennemie - «des Allemands, à coup sûr, une fois -enfin, trois fois, tout de même, et cela finit par faire trop, savez-vous !»

En fait, le général Pétun, en bon stratège, avait préconisé une offensive en tenailles. Debout et audacieux, tel un Leclerc de Hautecloque contemporain, le ministre français de la défense commandait la troisième division blindée de l'armée française. Il ignorait que, sur un ordre de Brunel, sa position avait été communiquée par les services secrets français à leurs homologues d'Outre-Quiévrain de manière parfaitement anonyme : «Une invasion est en cours dans les Ardennes, comme en 1940 !», disait simplement le message. Sans même prévenir le chef de l'état-major royal, le général Mirxx prit les mesures nécessaires. Guillaume Vautrez se dressait fièrement hors de la cabine de son half-track blindé quand il fut fauché par un tir de mitrailleuse qui s'avéra fatal. Il finit au Panthéon, dont sa frange légendaire devint l'un des plus beaux ornements.

Une heure après ce fâcheux incident, le général reçut un coup de fil du palais de Laeken. Très sobrement, le roi Albert-Philippe Ier lui annonça qu'il venait de capituler sans conditions. «Mais savez-vous, Majesté, sauf dans les Ardennes comme nous venons de le voir, nos troupes ne sont pas prêtes, même pour une capitulation, et d'ailleurs, une fois, nous ne sommes en guerre avec personne ! Ce ne sont pas les Burkinabés, tout de même !» Quelques mois auparavant, en effet, un détachement de soldats belges avait été envoyé dans un beau pays africain pour y rétablir un semblant d'ordre avec deux consignes très fermes : «Ne tirez jamais et évitez de violer trop de femmes et d'enfants, bon sang de bonsoir, une fois !» Le premier de ces ordres avait été parfaitement respecté, le deuxième un peu moins, voire pas du tout, comme le révéla *Le Soir* juste avant d'être racheté par *Le Monde* (lui même absorbé par le groupe tentaculaire de Vladimir Bolduc, devenu très proche du président Brunel) qui jeta un voile pudique sur ces débordements certes injustifiables mais compréhensibles compte tenu du manque d'amour éprouvé par des guerriers aussi vaillants que pacifiques séparés pendant de longs mois d'épouses aussi affectueuses que méritantes, dont les succulentes *waffels* leur manquaient tant.

Le moral de Malvaux-Degritte se redressa quand son monarque -ex-monarque, plutôt - lui apprit que les envahisseurs n'étaient d'autres que les Français. «Ca est nouveau, une fois ! Et puis nous parlons la même langue ! Oh pardon, Rik», dit-il à Van Steenlooybergen qui était néerlandophone. Il fut évidemment ravi d'être promu maréchal de France le même jour que Philippe Pétun, Van Steenlooybergen devenant général de brigade à trente cinq ans. Le soir de leur promotion, les deux maréchaux et le jeune général honorèrent vigoureusement leurs épouses, contribuant ainsi au renouveau démographique de la République française. Seul l'infortuné Mirxx fut sanctionné, se retrouvant mis à la retraite d'office. «Voila qui lui apprendra à avoir voulu faire la guerre, savez-vous ! Comme si les militaires étaient faits pour ça...», commenta sobrement le maréchal Malvaux-Degritte.

Dans l'ensemble, l'annexion s'était bien passée. L'absence de gouvernement belge depuis plus d'un an - détail qui n'avait pas échappé au chef de l'Etat français - avait facilité les choses. Le roi avait été très accommodant, surtout quand le président Brunel, sanglé dans un bel uniforme de colonel de réserve (il avait été EOR), lui avait garanti qu'il garderait son palais et que sa liste civile serait maintenue et même augmentée. En fait, il était soulagé d'être débarrassé des interminables querelles entre Flamands, qu'il détestait, et Wallons, qu'il n'aimait guère depuis une visite à Charleroi qui lui avait paru être la ville la plus laide qu'il ait jamais vue.

Le matin de l'invasion, tous les dirigeants extrémistes flamands encore présents avaient été cueillis à domicile par des agents des services secrets français et expédiés en autocars vers la Creuse, département riche en asiles de fous, ces derniers ayant été auparavant déguisés en réfugiés syriens par un costumier de l'Opéra de Paris (bien connu grâce notamment à sa création pour *L'Italienne à Alger*) et expédiés en Turquie, où leurs vêtements surprirent mais plurent énormément au président Enkülülü qui en fit, en y rajoutant un très beau voile intégral vert, le costume officiel des femmes de son pays. Dûment convertis à l'islam, les déments creusiens firent d'excellents ulemas.

Les élus du *Vlaamse Partijj (Got verdamt !)* furent ainsi hébergés gratuitement -enfin presque, tous leurs biens et avoirs ayant été confisqués - dans une des plus belles régions de France puis dûment traités après avoir été équipés de camisoles de force. Leurs collègues vacanciers ne tardèrent pas à les rejoindre au fur et à mesure de leur retour au pays et bénéficièrent d'un accueil et d'un traitement identiques.

Les médecins de ces établissements ne lésinèrent pas sur la médication. Totalement abrutis la plupart du temps par de subtils mélanges chimiques, les heureux bénéficiaires de ces traitements n'émergeaient de leur hébétude que pour se voir administrer des cours de langue, de géographie et d'histoire françaises. Ils en sortirent diminués, certes, mais transformés. «Fife la Vranfe !», s'exclama leur chef quand il fut libéré au bout de six mois de ce traitement intensif. Sa prononciation était certes médiocre, d'autant plus que lors de son interpellation un gendarme wallon lui avait fracassé la mâchoire à coup de crosse, mais son intention était louable. Il fut décoré quelques mois plus tard de la Légion d'honneur et la République, bonne fille comme toujours, lui offrit un dentier d'occasion acheté au marché aux puces de Saint-Ouen par un conseiller de l'Elysée que ces objets désuets et peu chers fascinaient depuis toujours.

Au lendemain de l'invasion, il y eut tout de même en Flandre quelques manifestations anti-françaises. Le nouveau ministre de l'Intérieur de la République unifiée, Jésus Rosette - un Wallon - les réprima assez brutalement. Il aimait beaucoup les chevaux et adorait voir leurs cavaliers charger une foule de préférence innocente. Puis le pays s'apaisa. Les parlementaires belges furent intégrés dans l'Assemblée nationale française et gardèrent ainsi leurs revenus et leurs avantages matériels.

En Wallonie, les drapeaux français avaient fleuri. «Nous sommes contents. La France, tout de même, c'est autre chose ! Et puis ces drapeaux, que nous avions confectionnés, voire même achetés après les attentats du 13 novembre, ils peuvent ainsi resservir, une fois ! Il ne faut pas gâcher.», dit ainsi un Carolorégien aussi dodu que réjoui.

Quant aux flamingants, ils eurent un an pour se remettre à maîtriser le français et reconquérir ainsi leur statut d'électeurs. Du reste, quelques mesures appropriées aidèrent à les amadouer, telles que la nationalisation des brasseries - les *mousses,* brunes, ambrées ou blondes étant gratuitement délivrées à volonté aux Flamands pendant douze mois afin de les soutenir dans leur francisation -, l'exonération totale de TVA sur les moules-frites et le choix de deux stylistes locaux, l'un d'Anvers, l'autre de Gand, pour dessiner les nouveaux uniformes de l'armée et de la gendarmerie françaises.

Dans la foulée, la deuxième DB avait envahi le Luxembourg et sans la vigilance de son chef aurait pu se retrouver en Allemagne, compte tenu de la taille de cette principauté. «Et on avait encore assez d'essence pour aller jusqu'à Berlin !» confia-t-il à son supérieur. «C'est tout petit, le Luxembourg, finalement... Enfin, étroit, surtout. Et pas si laid que ça !» «A Esch-sur-Alzette, j'ai rencontré une Allemande, je ne vous dit pas... Blonde aux yeux bleus. Un canon. Elle croyait que j'étais le président. Inutile de vous dire que je ne l'ai pas détrompée, d'abord. Mais bon, un général, elle n'est pas contre. Quel tempérament ! Je la rejoint dès que possible après ma retraite dans trois mois. Nous allons monter une agence BMW à Luxembourg, où il n'y en a que douze.»

Les ci-devant Belges et Luxembourgeois retrouvèrent avec une joie sans mélange leurs départements de la première République et de l'Empire : la Dyle (chef-lieu Bruxelles), la Lys (Bruges), la Sambre-et-Meuse (Namur), l'Ourthe (Liège), l'Escaut (Gand), les Deux-Nèthes (Anvers), Jemmapes (Mons), les Forêts (Luxembourg). Il n'y eut qu'un changement mineur de dénomination : pour ne pas vexer ses habitants, la Meuse-Inférieure (chef-lieu Maestricht) fut rebaptisée Meuse-du-Sud. Afin d'éviter d'inutiles querelles désormais sans lieu d'être, les départements de Flandre furent rattachés à la région du Grand Nord et ceux de Wallonie (le département des Forêts s'y ajoutant) à celle du Grand Est, la Dyle gardant un statut spécifique pour des raisons diplomatiques.

En France, l'annexion fut bien accueillie. La cote de popularité de Brunel, déjà exceptionnelle, monta jusqu'à s'élever à 90%. Il y eut d'autant moins d'opposition que le pays était en campagne électorale, le gouvernement se contentant depuis quelques semaines d'expédier les affaires courantes. Pour s'affirmer en faisant contrepoids aux initiatives internationales du président, la première ministre avait en effet déposé un projet de loi - la LPS (loi de progrès social) - qui prévoyait entre autres mesures la retraite à 72 ans, la suppression du SMIC et du RSA et celle des 35 heures, la semaine légale de travail devant passer à 40 heures payées 32. Malgré leur caractère conciliateur et bon enfant, les socialistes, non sans débat car quitter les palais ministériels et renoncer aux voitures de fonction et autres menus avantages était pour nombre d'entre eux une perspective déchirante, avaient voté avec l'aile gauche des adistes, conduite par Le Melon et Fuyons, une motion de censure qui fut très largement adoptée. Les Français ne lui accordant plus de toute façon de confiance qu'à 4,5% d'après le CECOP, ce qui lui permit néanmoins d'entrer dans le Guiness des records, NRL jeta l'éponge - si l'on peut dire - et se reconvertit dans la gestion d'un établissement de thalassothérapie du Nord-Ouest de la France. Cela lui permit de trempouiller en fin de matinée dans des bains de bulles bien chauds après une heure de longe-côte aussi ravigotante que réfrigérante, avant de rédiger l'après-midi un livre de souvenirs, sobrement intitulé, non sans des références littéraires qui échappèrent totalement à

Georgette Platino, *Mémoires d'une femme dérangée.*

La droite explosa. Guillaume Vautrez n'était plus. Olaf Cecotto ne manquait pas d'énergie, mais le projet de LPS, qu'il avait vigoureusement soutenu, ne plaidait pas en sa faveur : les députés du parti restés fidèles en avaient un peu assez d'être bombardés de fruits avariés toutes les semaines dans leurs circonscriptions. Politiquement, la situation était devenue confuse. Outre le PLIP de la fougueuse Georgette Platino et la DS (Droite sociale) de Louis Guano, deux nouveaux partis étaient nés : la DIM (Droite intensément morale) et la DUM (Droite ultra modérée), Fuyons et Le Melon n'étant pas parvenus à se mettre d'accord quant à savoir qui dirigerait le futur parti. «J'ai été premier ministre pendant cinq ans !» dit l'un pendant une entrevue quelque peu houleuse. «C'est vrai», répondit l'autre, «mais personne ne s'en souvient ! En réalité, tu n'étais que le collaborateur de Horthy, comme il le disait lui-même, son porte-serviette, son paillasson et tu n'as pas de couilles !» «Ha ha», ricana Fuyons, « Quel beau langage pour un normalien ! Au moins, contrairement à toi, je n'ai pas publié de confidences intimes et pornographiques ! Et quand on a été le principal 'collaborateur', comme tu le dit si aimablement, de ce fou furieux d'Arsène Gabelou de Villepinte, on se tait !» «Justement, Arsène me soutient ! Et Sully-Prudhomme aussi !» «Grand bien te fasse, lamentable cucurbitacé ! Et bonne chance, avec ce zigomar et cette canaille ! Surveille ton dos de temps en temps, pour vérifier que des couteaux ne s'y sont pas fichés pendant que tu dormais !»

L'électorat de droite se retrouva quelque peu déboussolé, ayant du mal à distinguer la DUM de la DIM et à comprendre ce qui les opposait, leurs programmes étant strictement identiques. Rigoureusement anonymes, des affichettes avaient fleuri un peu partout, du genre «Courage, fuyons Fuyons !» ou «Ce n'est pas un Melon, c'est une Pastèque !» Tout cela était distrayant, mais se révéla électoralement peu productif.

Ne manquait à l'appel que Durand-Saint-Glinglin, que ses échecs précédents et le succès de l'opération Mameluk avaient profondément abattu, l'amenant à entrer dans les ordres. Il avait choisi les Chartreux, en souvenir d'un très beau chat que ses parents lui avaient offert quarante ans plus tôt. Ce ne fut pas un succès. Troublant à tout bout de champ le monastère silencieux par des exhortations vengeresses contre la décadence de la christianité, il fut expulsé et devint franciscain, parlant sans cesse aux oiseaux qui, malheureusement, ne lui répondaient jamais. Même les insectes et autres invertébrés ne l'écoutaient pas. Il se pendit.

L'annexion de la Belgique avait donné le coup de grâce au déclinisme. Noël Le Baveux avait vu supprimée du jour au lendemain la chronique dans laquelle il livrait des pensées à vrai dire sans grand intérêt dans un magazine hebdomadaire. Sa situation pécuniaire devenait inquiétante. Quel ne fut pas son soulagement quand, invité à déjeuner à l'Elysée par le président Brunel, celui-ci lui proposa de devenir son historiographe. «Comme Racine, vous vous rendez compte !» «Euh, oui», répondit Le Baveux, «mais pas en alexandrins, quant même ?» «Mais non, bien sûr, ce serait ridicule.» Ainsi naquit *L'Espérance retrouvée*, ouvrage hagiographique au style boursouflé qui fut vendu à un million et demi d'exemplaires en France avant d'être traduit en trente deux langues de par le monde, le néerlandais excepté. Le Baveux avait retrouvé l'espoir, tout comme sa conseillère bancaire qui en profita pour lui proposer de nouveaux investissements.

Les élections législatives virent donc le triomphe du parti socialiste. Il n'avait aucun programme, ce qui lui permit de ne pas se diviser. «On verra après», dit sobrement Camberaberi, «mais à nous, à vous, mes camarades, les Palais nationaux et leurs belles dorures ! Rien n'est trop beau pour le peuple de gauche !» Une des deux affiches du parti représentait le président Brunel, avec cette seule mention : «*Il est des nôtres !*» L'autre affirmait «*Soutenons le Président !*». Un projet initial prévoyait de titrer «*Soutenons notre grand Président !*» «Vous vous croyez en Corée du Nord ?», avait observé Brunel, glacial. Avec 45% des voix, les socialistes remportèrent 75% des sièges. Malgré le retour en France d'Alain Montelareine et de sa charmante épouse (lui même étant la seule personne au monde à lui accoler ce qualificatif assez peu justifié), Gargle World Incorporated ayant été dissoute par les autorités américaines en raison de ses liens avec le crime organisé, AGT ! (A gauche toute !, rappelons-le) n'eut qu'un succès d'estime, avec zéro député, égalant ainsi les scores du PCF et celui des écologistes.

A la surprise générale, Brunel nomma Jean Baert à la tête du gouvernement. Il en avait été trente ans plus tôt le conseiller et le trouvait exceptionnel. Fidèle à ses convictions mais pragmatique, capable de disséquer un dossier jugé par d'autres inextricable et de trouver des compromis impensables au commun des mortels, Jean Baert avait en un quart de siècle transformé une ville peu avenante car deux fois rasée - en 1940 par les Allemands et en 1944 par les Alliés - en une cité à l'architecture moderne où il faisait bon vivre. Honteusement remercié par des électeurs ingrats en 2014, il s'ennuyait depuis. «Jean», lui dit Brunel, «je compte sur toi.» «Mais Pierre, j'ai soixante treize ans ! Et Camberaberi ?» «D'abord, Alun avait le même âge quand je l'ai nommé. Camberaberi sera déçu, mais je vais lui laisser entendre qu'en 2022 il pourra me succéder, car, en toute confidence, je ne briguerai pas un deuxième mandat. En raison de ton âge, justement, tu n'es pas une menace pour lui. Et, surtout, tu es le seul à pouvoir maîtriser une majorité aussi monstrueuse : tu connais nos camarades, minables dans la défaite et arrogants dans la victoire. En plus, tu n'as que des amis dans cette maison. Je ne te demande que deux choses : me laisser la haute main sur la défense et les affaires étrangères, et légiférer le moins possible. Il faut en finir avec cette logorrhée législative bouffonne qui nous fait tant de mal.» Tout guilleret, Jean Baert téléphona quelques minutes plus tard à Jacqueline, son épouse : «tu ne vas pas me croire !», dit-il, et il lui raconta l'entrevue.

Jacqueline, une femme particulièrement estimable qui n'avait jamais profité des fonctions de son mari pour en tirer quelque avantage que ce soit, en fut heureuse.

L'annexion de la Belgique et du Luxembourg provoqua inévitablement des réactions internationales plus ou moins vigoureuses. La Commission européenne regretta sans plus «une initiative surprenante». Cette modération inattendue avait sans doute plusieurs causes, l'une d'entre elles s'étant révélée principale. Encerclés par l'armée française, toutes communications avec l'extérieur supprimées, commissaires et fonctionnaires européens avaient été privés pendant plus de vingt-quatre heures de nourriture et de boissons. Après un bref appel du président français, le président Heinkel avait compris qu'il était désormais un citoyen français et avait du mal à digérer la nouvelle. Les Polonais et les Baltes croyaient en une agression russe. La confusion régnait ainsi au Berlaymont, dont les occupants furent à la fois rassérénés et calmés quand on leur fournit un ravitaillement modeste mais substantiel.

A Strasbourg, le Parlement européen protesta violemment, avant que ses membres soient rassemblés et expulsés, non pas dans leurs pays d'origine mais, suivant une méthode aléatoire choisie par le président Brunel, dans des Etats où ils étaient de préférence inconnus. On put voir ainsi des parlementaires bulgares haranguer sans succès de perplexes Danois, l'inverse étant tout aussi réjouissant. Quand certains d'entre eux purent revenir à Strasbourg après des mois d'errance, logeant ici ou là, dormant dans des granges ou même en plein air, ils constatèrent que le siège du Parlement était fermé afin d'être désamianté, ces travaux étant d'autant plus méritoires que le bâtiment ne contenait pas le moindre gramme d'amiante. La plupart d'entre eux furent trainés en justice pour vagabondage et trouble à l'ordre public, et condamnés à des peines allant de trois à six mois de prison ferme - plus une perte de de droits civiques de vingt ans, en moyenne.

Le conseil de sécurité de l'ONU fut saisi par les Pays-Bas, qui n'avaient jamais apprécié de partager une frontière avec la France depuis Louis XIV puis Napoléon Ier, ce qui pouvait se comprendre. Le président Dump s'abstint : il ne savait même pas que la Belgique existait, ignorait où elle pouvait bien être et n'avait aucune raison de se brouiller avec son pote frenchie qui lui avait envoyé un excellent cuisinier à la Maison Blanche après lui avoir confié, en toute sincérité, que la cuisine mexicaine était la pire du monde. «Il est comme moi, ce type, je l'adore ! Ah, ces cons de Latinos ! Et ce mur entre ces enculés et nous, il monte ?» «Oui, Mr President, quatre mètres, déjà», répondit Bushwacker après avoir englouti une délicieuse bouchée de homard à l'armoricaine, rebaptisé *à l'américaine* par les services secrets français. Il se garda bien de préciser que les quatre mètres n'étaient que de longueur. Les propriétaires des terres concernées, tous républicains, voulaient de telles sommes pour ces étendues désertiques que la totalité du budget fédéral n'aurait pas suffi à les indemniser. Néanmoins, une belle quantité de miradors avait été construite grâce à des fondations privées, offrant aux militants de la NRA (*National Rifle Association*) de belles occasions de s'entraîner. Fox TV avait organisé un concours, baptisé *Combien de Mex ce mois-ci,* dont les gagnants pouvaient gagner des prix allant d'un abonnement annuel à la chaîne jusqu'à des armes automatiques, des détecteurs de gays et de musulmans et même des drones équipés de missiles air-sol.

La France opposa son veto à la plainte des Pays-Bas, suivie à la surprise générale par le Royaume-Uni ou ce qu'il en restait (l'Angleterre n'ayant pas renoncé à récupérer le Pays de Galles à la mort de son suzerain devenu quelque peu cacochyme), ainsi que par la Russie, ce qui était plus étonnant. On comprit un peu plus tard la raison de cette attitude quand la Biélorussie fut annexée par les vaillantes troupes du président Grozny, le président-dictateur de cet Etat ayant été tiré de son lit par des émeutiers et pendu en pyjama au bras de sa propre statue équestre - il n'avait bien évidemment jamais fait de cheval. «Comme je vous comprend», avait dit le président Brunel à son aimable collègue, «ce pays n'a jamais existé en tant que tel ! Et j'ai constaté avec plaisir que les Biélorusses ont salué en vous un authentique démocrate. Bravo !» Le veto français répondit avec une exquise politesse à celui émis quelques mois plus tôt par la Russie.

En Europe, l'annexion de la Belgique et du Luxembourg par la France fut suivie par de nouveaux mouvements géopolitiques. Les entretiens du président français avec la plupart des dirigeants de notre continent n'y furent pas étrangers. Recréant la Cacanie de Robert Musil, l'Autriche envahit la Hongrie au nom des principes sacrés de la démocratie et de l'humanitarisme, le président Urgan se réfugiant en Roumanie où il fut malheureusement empalé par des Transylvaniens adorateurs de Vlad Dracul qui lui reprochaient, à tort sans doute, de les avoir abandonnés. Elle se découvrit ainsi fâcheusement sur son flanc sud.

L'Italie en profita pour tenter d'annexer le Tyrol, après avoir avalé la République de San-Marin - deux sources de revenus touristiques appréciables. Cela ne lui réussit pas. Les Tyroliens résistèrent. Deux régiments d'infanterie italienne furent encerclés par des hordes locales et se rendirent sans combat: «Des millions, armés jusqu'aux dents !», dit l'un des colonels mis plus tard en cause par une presse mal intentionnée et une cour martiale qui ne l'était pas moins. La vérité oblige à dire que moins de mille Tyroliens en culottes de peau, coiffés de chapeaux à plume, équipés de fusils de chasse et de faux bien aiguisées, mais, reconnaissons-le, iodlant à tire-larigot - et l'on sait que le iodle peut être terrifiant pour celui qui ne l'a jamais encore entendu, et encore davantage pour des Italiens mélomanes - avaient ainsi réédité l'exploit des chasseurs alpins français de 1940, les soldats italiens ayant ainsi, judicieusement, démontré une nouvelle fois leur profonde préférence pour la vie contre la mort.

Le désastre tyrolien eut en Italie des conséquences quasiment sismiques et en tout cas centrifuges. Requinquée, la Ligue lombarde donna le coup d'envoi. Dans sa chaise roulante, son président, d'autant plus heureux qu'il espérait ainsi échapper à la peine de prison d'au moins vingt ans qu'il risquait pour de diverses malversations, proclama l'indépendance de la Lombardie. «Soumis aux Milanais ? Nous, jamais !» Telle fut la réaction des Brescians et des Bergamasques. Brescia et Bergame affirmèrent ainsi leur indépendance, suivies par Bologne, Ferrare, Mantoue, Modène, Crémone et Parme. Encouragé sur cette voie, le dernier représentant vivant et vaguement présentable de la Maison de Savoie annonça à Turin la renaissance du royaume de Piémont et de Sardaigne, immédiatement démenti par les Sardes dont les autorités proclamèrent l'indépendance de leur île bien-aimée. «Nous n'allons pas nous soumettre à un prince d'opérette au nez ridicule et de plus marié à une théâtreuse étrangère», dit le maire de Cagliari, qui se voyait bien devenir président de la République sarde.

Le maire de Venise réagit à son tour. «La Sérénissime renaît» et, «ajouta-t-il finement, je la place sous la protection du président de la République française, qui est aussi grand que Napoléon mais qui, lui, aime et respecte notre ville». Il savait en effet l'intense passion que

Brunel portait à sa cité. Vérone, Padoue et Vicence n'avaient nulle envie de se retrouver sous la coupe vénitienne. Trois nouvelles républiques naquirent ainsi, bientôt jointes par Ravenne et Rimini.

Un très lointain descendant des Doria - par sa mère, bien que les moeurs de celle-ci aient pu jeter une ombre sur sa légitimité - accourut à Gênes et fut acclamé comme nouveau premier magistrat de l'antique cité ligure. «Quoi, dit-il fièrement, Venise serait ainsi restaurée dans son antique splendeur, et pas notre ville admirable ? N'avons-nous pas deux grands clubs de football, la Sampdoria et Genoa, et Venise une seule, qui croupit en troisième division ? Dressez-vous, Génois, dressez-vous !» Les Génois se redressèrent.

Les Florentins ne furent pas en reste. La République y fut ainsi rétablie, ce qui fut interprété à Sienne comme une menace. En appelant aux mânes de Blaise de Monluc, héroïque défenseur de la cité en 1558, les Siennois proclamèrent leur indépendance non sans s'être eux aussi placés sous la protection du président français, gascon comme Monluc. Ils coupèrent quelque temps l'accès des Florentins au chianti. Lucques et Pise leur emboîtèrent le pas. San Marin s'insurgea et recouvra sa liberté fugacement perdue, pour le plus grand plaisir de l'ambassadeur de France auprès de cette charmante république, confortablement installé à Rome et qui tremblait de se voir nommé à Oulan-Bator, capitale passablement ingrate dans laquelle ses modestes capacités intellectuelles et diplomatiques eussent pu le reléguer.

Surmontant leurs différends financiers récurrents, la Camorra et la 'Ndrangheta s'accordèrent pour désigner un politicien ami, démocrate chrétien du centre-gauche et du centre-droit (au choix), qui décréta à Naples la renaissance de l'éphémère République parthénopéenne de 1799, en plaçant cette initiative sous l'égide de la France «depuis toujours libératrice des Napolitains. Vive Alexandre Dumas et Pierre Brunel !». Amalfi, l'une des grandes cités-Etats du XIème siècle, refusa de se soumettre à cet Etat qualifié de «nouveau-riche, de pays de valets, inféodés aux Français puis aux Espagnols et qui en fait n'a jamais existé. Où étaient ces pouilleux de Napolitains quand nous rivalisions avec les Génois et les Vénitiens ?». Deux cent mètres plus au nord, Ravello n'accepta pas d'être intégrée à la nouvelle république amalfitaine. «N'avons-nous pas notre propre évêché ?» Les frontières furent difficiles à déterminer.

En Sicile, la situation s'avéra encore plus complexe. Trois républiques siciliennes unitaires y furent proclamées par des foules aussi enthousiastes qu'antagonistes, à Palerme, Catane et Reggio. A Corleone, petit bourg du centre de l'île étouffant en été et glacial en hiver, un Etat fut créé à l'instigation de la Maffia, petit par la taille mais dont la Banque centrale s'avéra - on se demande pourquoi - la plus riche de l'île et même de l'Europe. C'est autour de cette respectable institution que la Sicile retrouva son unité, sa capitale changeant tous les trimestres. Syracuse, pauvre (tout cela étant relatif grâce au tourisme) mais fière, en resta à l'écart au nom de son histoire.

Le 15 août 2019, la péninsule comptait trois Etats. Le 30, on en dénombrait cent quarante huit - moins qu'au quatorzième siècle mais bien plus qu'en 1700. Les Brescians étaient ravis : il fallait refaire toutes les plaques minéralogiques de la péninsule et ce marché occupa les entreprises de la ville pendant deux ans.

Les capacités militaires du Royaume-Uni ayant été réduites et quelque peu confusément organisées depuis la sécession de l'Ecosse et du Pays de Galles, des commandos espagnols purent enfin hisser le drapeau de leur fière nation sur Gibraltar (que ne défendaient plus que deux officiers et une dizaine de soldats bourrés comme des coings tous les soirs), dont les singes ne firent aucune remarque désobligeante, tandis que leurs collègues mettaient la main sur Andorre avec la bénédiction de la France. L'évêque d'Urgel, co-prince de cet anachronisme territorial, protesta. Il fut expulsé et renvoyé à Rome. Ces conquêtes foudroyantes n'empêchèrent pas l'Espagne d'échapper à l'exubérance ambiante. Le pays n'avait plus depuis des mois qu'un gouvernement expédiant les affaires courantes (lui-aussi), et qui fut donc rapidement dépassé par la situation. L'implosion de l'Italie inspira d'abord les Catalans, puis les Basques, évidemment, les Galiciens, les Levantins et les Andalous qui en avaient assez que leurs concitoyens les trouvent mollassons. Ces cinq régions se déclarèrent ainsi indépendantes. Le sympathique monarque espagnol n'avait aucune envie d'être comparé à son ignoble ancêtre, l'abject Ferdinand VII. Il laissa faire.

Le Danemark et la Suède, surmontant leur antagonisme pluri-séculaire, mirent fin à l'indépendance de la Norvège, nation toute récente (à peine plus d'un siècle !) dont les ressources pétrolières les intéressaient vivement. Pour que le partage de la région septentrionale de l'Europe soit équitable, un fonctionnaire de Bercy, issu de Polytechnique, le calcula en y ajoutant, pour la Suède, l'apport des Etats baltes que ce dernier pays venait d'envahir pour les préserver de la menace russe.

Recevant à l'Elysée les présidents du conseil italien et espagnol, déconfits, pour ne pas dire accablés, le président Brunel voulut les rasséréner. Le dîner était excellent mais il nota, entre le foie gras et le ris de veau aux morilles, qu'ils n'avaient guère d'appétit. «Mes chers amis, permettez moi de vous dire que vous avez d'abord peut-être manqué de méchanceté. Regardez ce qui vient de se passer en Corse : la chasse à l'autonomisme vient de dépasser toutes mes espérances. Déjà deux mille militants ont été abattus, par leurs voisins généralement, sous couvert d'accidents de chasse et moyennant de juteuses primes financières et la redistribution des leurs biens immobiliers à des parents et amis sans scrupules. Pour leur sauver la vie et les aider à s'engager dans des tâches humanitaires dont ils sont friands, cinq mille autres ont été envoyés en Grèce dans des bateaux peu sûrs, pour ne pas dire plus, dont les trois-quarts ont déjà coulé au large de Lampedusa ! Une fois de plus, la brise de mer a produit ses effets bénéfiques. Dans l'année qui vient, dix mille Albanais volontaires et pugnaces vont repeupler l'île, armés jusqu'au dents. Cela promet de belles réjouissances.»

«La solution, mes amis, c'est le confédéralisme. Pourquoi ? Dans moins d'un an, il y aura un nouvel Euro de football. Et croyez vous qu'une équipe de Florence, de Sienne, de Galice, de Sicile et même de Madrid, de Milan et de Catalogne pourra le gagner ? Organisez un référendum avec deux questions : (1) Voulez-vous une équipe de football nationale capable de gagner l'Euro ou, plus tard, la coupe du monde ; et (2) En conséquence, voulez-vous une Italie (ou une Espagne) confédérale respectant votre identité aussi nationale qu'étatique ?»

Les visages de ses convives s'illuminèrent. Vannino Vaninni était là, élégant, volubile et creux comme à son habitude. Mais il avait des soucis : visiblement, les Italiens ne partageaient plus leur engouement initial à son égard, à la grande surprise de la Commission européenne et des médias allemands et français qui avaient trouvé admirables ses réformes réactionnaires jugées d'autant plus modernes qu'elles venaient d'un homme (prétendument) de gauche. Federico Sanchez y Sanchez de Lopez avait succédé à Manuel Lopez y Lopez de Sanchez, devenu chauve à force de s'arracher les cheveux pour trouver un compromis entre les partis traditionnels et les nouvelles formations nées de la crise : *Andiamos* (de gauche), *Adelante !* (centre-gauche), *Bamonos* (centre-droit libéral), *Arriba !* (centre-droit étatique), *Churros, chocolate y horchata de chufa*[8], petite formation valenciane localement très populaire et son allié *Ole*, le parti andalou socialisto-centriste surtout partisan du maintien de la la corrida et du cante flamenco, voire même du cante jondo - sans parler d'un nouveau groupuscule basque au nom rempli de x[9] et dont nul, sauf les anciens - et encore, car il y avait des controverses à ce propos entre nonagénaires ! - ne pouvaient dire s'il désignait une antique recette de veau aux poivrons ou les vainqueurs de Roncevaux. Même si les jeunes partis andalou et levantin avaient fusionné pour créer *Ole, toro, churros, chocolate y horchata de chufa por todos !*, la situation demeurait complexe.

---

[8] L'horchata est une boisson exquise à base de chufa, une céréale proche de l'avoine, à déguster très fraîche.
[9] Pour tout simplifier, signalons qu'en basque le x se prononce k. Cela, entre autres, explique que cette belle langue n'ait pas eu le même rayonnement international que l'anglais, le français, le castillan et le portugais, voire même le néerlandais.

Brunel trouvait Sanchez y Sanchez de Lopez boudiné dans un costume marronnasse d'une matière indéfinissable mais à coup sûr synthétique et qui lui rappelait quelque chose. «C'est coupé dans quoi, Federico ?» lui demanda-t-il. «C'est dou tartiflon à basé dé pétrole. Botre estimablé prédecessor m'abait récomanndé oun tailleur asiatique pas cher et ye loui abait acheté six costumès à oun dé ses pasajes en Madrid. Pas besoin de les répasser : es muy pratique, sourtout en campagne électorale y dans les déplacéments à l'estranjero. Pero, ils rétrécissent. Yé me sens, como puedo le digo - ah si - commmpressé.» «Boudiné», précisa Brunel. «A si, como la morcilla[10] !» «Exactement. Comme aussi votre championne de tennis Conchita Lopez, qui était aussi large que haute. Une parente à vous ?» «No, pero, elle n'abait pas de costoume ?» «Sur un court, non, pour le reste, je n'en sais rien.» «Ah si, je m'en soubiens. Mais d'après sa silhouette, ye la croyais mexicaine. Bous abez bu, y'ai prononcé 'silhouette' correctamente !» «Bravo ! Vous parlez un fançais excellent, Federico !» Sanchez y Sanchez de Lopez était très fier de sa maîtrise de la langue française, dont il pensait connaître les moindres nuances depuis un long séjour à Lourdes - jumelée à Avila, sa ville natale - dans les années quatre-

---

[10] En castillan, boudin se dit morcilla.

vingt. C'était un catholique inébranlable. Le double fait qu'il se soit cassé la jambe à Fatima et le pied à Lourdes n'avait pas entamé sa ferveur.

Deux référendums montrèrent que les préoccupations footballistiques l'emportaient sur toute autre considération. Ainsi naquirent la Confédération royale des peuples ibères, dotée de cinq langues officielles - les Levantins trouvant que le catalan était aussi emprunt d'intentions hégémoniques que le castillan - et celle des Etats libres d'Italie, où quarante deux langues furent reconnues, comme «authentiquement nationales». Dans ces deux pays, l'enseignement des langues connut un boom inouï, le chômage décroissant ainsi de façon vertigineuse parmi des littéraires souvent faméliques. Le monde de l'édition connut également une embellie remarquable grâce à la publication d'innombrables dictionnaires plurilingues.

Suite et fin édifiantes

Quelques mois après ce succès historique, Brunel invita à nouveau Vaninni et Sanchez y Sanchez de Lopez à l'Elysée. C'était l'été. Il faisait un temps magnifique. Après une promenade dans le jardin du palais et un déjeuner simple et frais - un gaspacho agrémenté de billes de melon et de feuilles de menthe, puis des filets de canettes aux pêches, suivis par un beau plateau de fromages et des glaces au lait d'amandes, le président dévoila à ses convives son nouveau projet. Des interprètes, déjà présentes au déjeuner, assistaient à la réunion : le chef de l'Etat se méfiait des capacités linguistiques de ses invités. Deux d'entre elles étaient jeunes et avenantes, les autres l'étant beaucoup moins : toutes étaient membres de la DGSI.

«Chers amis, à nous trois nous avons réécrit l'Histoire. Nos pays - les vôtres, surtout, mais ce n'est qu'une taquinerie - ont échappé à l'implosion. Nous devons aller plus loin. L'Union européenne, dans sa forme actuelle, n'est pas satisfaisante, c'est le moins que l'on puisse dire. La Commission est un monstre et le moindre Etat nain y pèse autant que des pays tels que les nôtres. Nos peuples la détestent. Sa bureaucratie est irresponsable et ne nous protège en rien des agressions économiques de la Chine ou des Etats-Unis. Vous vous rendez compte», dit-il à Vaninni, dont il avait remarqué que ses regards s'égaraient un peu trop sur les cuisses à vrai dire charmantes de sa délicieuse interprète, «d'ici peu de temps, si nous n'y veillons pas, le parmesan, le jambon de Parme ou de San Daniele, le Belota Belota seront plagiés au nom de la liberté de la concurrence ! Ce sera la mort de ces spécificités dont nous sommes tous fiers». «Et, - ajouta-t-il à l'attention de Sanchez y Sanchez de Lopez, le président du conseil ibérique ayant tenté des manoeuvres d'approche vers l'entrejambe de sa voisine après avoir laissé tomber une fourchette, puis un couteau et enfin une cuillère pour admirer un spectacle nettement plus ravissant que celui que son épouse, du reste, ne lui avait jamais même laissé entrevoir. - «ces abrutis vont interdire tout ce que vous aimez, peut-être même les churros et l'horchata, ce qui exaspèrera vos alliés du Levant et d'Andalousie !»

Les ravissantes interprètes s'éclipsèrent. Les autres restèrent.

«Je vous propose donc que nous prenions une nouvelle initiative : quitter l'Union européenne et créer ensemble, à l'instar de ce que vous avez si brillamment fait dans vos magnifiques péninsules, une confédération européenne. Celle-ci aurait des pouvoirs réduits en fonction du principe de subsidiarité, n'aurait pas d'administration spécifique, et serait dotée d'une monnaie unique et d'une assemblée élue par nos parlements respectifs. Les droits de douane entre elle et le reste du monde s'élèveraient à 33% au moins. Qu'en pensez-vous ?»

«Che dou bien», répondit Vaninni, «mais l'Allemagne ?». «L'Allemagne suivra», répondit Brunel, «car à nous trois, nous représentons les deux tiers de ses exportations !»

«Mais cette confederacion séra muy très attiranté», dit Sanchez y Sanchez de Lopez, «y todo reccommencéra comme abant, no ?» «J'y ai pensé», répondit Brunel. «Les quatre Etats fondateurs pourront opposer leur veto à l'entrée de pays dont ils ne veulent pas.» «Bravo !», s'exclama Vannini ; «Arriba !», renchérit Sanchez y Sanchez de Lopez.

Moins d'un an plus tard, la Confédération des Etats libres d'Europe était en ordre de marche. Ses institutions avaient été ratifiées, son Parlement élu et son administration - minimaliste, comme prévu - mise en place. Aux quatre membres fondateurs s'étaient joints les Pays-Bas, le Portugal, la Suède, le Danemark, l'Islande, la Finlande, l'Ecosse et la paisible Slovénie, soulagée d'être libérée des injonctions ineptes de la Commission qui, peu de temps auparavant, lui avait intimé l'ordre de privatiser des entreprises publiques pourtant efficaces et profitables.

L'Union européenne n'était plus qu'une sorte de ballon crevé dont nul souffle d'air ne sortait plus. D'antiques rancoeurs y avaient été ravivées : la Pologne et l'Autriche-Hongrie ne s'appréciaient plus guère depuis la fin du XVIIIème siècle, et, dans les Balkans, Bulgares, Roumains, Croates, Monténégrins, Albanais, Macédoniens et Grecs avaient toujours eu du mal à s'entendre, et pas seulement pour des raisons linguistiques. Financièrement exsangue, elle dut licencier 97% de ses fonctionnaires. Dans la «jungle d'Ostende» ces derniers, prêts à tout pour rejoindre l'eldorado anglais, se regroupèrent sous des tentes, se battant avec des Roms nettement mieux préparés à de sanglants combats. Leur supériorité numérique les sauva. Pas pour longtemps : le paquebot de croisière *Costa Brava* qui devait les amener outre-Manche coula entre Ostende et Douvres, sa coque ayant été éventrée par un projectile d'une grande puissance. Les canots de sauvetage étaient en nombre insuffisant et seuls les membres de l'équipage survécurent, non sans avoir empêché, à grands coups de gaffes et de rames, les infortunés passagers - hommes, femmes et enfants - de se hisser à bord de leurs embarcations.

Une commission d'enquête anglo-française fut nommée pour élucider cet événement tragique unanimement aussi condamné qu'apprécié. Elle était présidée par les amiraux d'Aulx et Drownthemall. «Er, er», bégaya élégamment le capitaine de vaisseau Welldone, parfaitement au courant du dossier puisque c'est de son sous-marin «Prince of Cornwall» (précédemment nommé «Prince of Wales») qu'était partie la torpille coulant le *Costa Brava*, «nous pourrions dire que c'est un coup des austro-hongrois, non ?» «L'Autriche-Hongrie n'a pas de mer et donc pas de flotte !» répliqua d'Aulx, en bon connaisseur de la géographie qu'il était.

«En effet», dit Drownthemall, «ce n'est pas une piste très crédible, n'est-elle pas.»

«Er, er, les Islandais, peut-être ?», osa le capitaine Craddock, personnage assez rancunier dont une très ancienne aïeule avait été violée par un Viking mille deux cent ans plus tôt. «Et pourquoi donc les Islandais ?», demanda d'Aulx. «Er, er, ils ont peut être cru que c'était une morue gigantesque.» «Les Portugais, sinon ?», intervint le commandant Creuse, «ils adorent la morue.» «Ah, la morue, parlons-en !», s'exclama le vice-amiral Moulegatte, «on nous dit toujours que les Portucloques ont 365 recettes pour la préparer, et à la fin c'est toujours très gras, cuit à l'huile avec de l'oignon et des pommes de terre. C'est d'un monotone !» «Of course», dit sobrement l'amiral Drownthemall, «mais, by the way, pourrions-nous revenir au sujet qui nous occupe ?» «Vous avez raison», lui répondit d'Aulx, «et au fait comment va votre charmante épouse ?» «Er, er, très bien, merci. Cette année, nous nous voyons pour le Nouvel An chez nous, je crois ?» «Oui, ah votre Christmas pudding ! C'est autre chose que la morue, portugaise ou pas... Et votre boeuf Wellington ! Une merveille.» «Er, er, l'an dernier chez vous c'était vraiment delicious. Ah, le foie gras chaud aux raisins... Et pouis, la chapon trouffé ! So tasty !»

«Bon, pour ce qui nous occupe aujourd'hui, finissons-en», dit l'amiral d'Aulx après s'être brièvement concerté avec son collègue et ami, «ce sera une agression non identifiée, avec quelques allusions laissant entendre que les Russes l'ont commise. On ne prête qu'aux riches ! »

Il restait à la Confédération de se doter d'un président. Tout le monde pensait que Brunel serait candidat, d'autant que son mandat national allait expirer très prochainement. Le soutien des trois quarts des Etats membres lui était acquis : seuls les Scandinaves étaient réservés, mais pas au point de récuser le père fondateur de cette nouvelle puissance unanimement reconnue et respectée.

Les chefs d'Etat et de gouvernements de la Confédération se retrouvèrent à l'Elysée en avril 2022. Le temps était frais, mais beau. La réunion fut étonnamment courte. Sur le perron du palais présidentiel, tous se rassemblèrent pour une émouvante photo de famille qui fit la Une de tous les magazines du monde. Brunel leva alors la main d'Elfriede Gurkel et s'exclama haut et fort : «Voici la future présidente de notre confédération, si nos peuples en sont d'accord, bien tendu !» Elfi, un peu hébétée, n'en était pas moins souriante et se laissa embrasser sur les deux joues par le président français.

Après s'être séparé de ses collègues, Brunel retrouva sa femme dans l'appartement présidentiel. «On s'en va», lui dit-il. «Je nous ai organisé un petit week-end à Londres», lui répondit-elle. «Merveilleux.»

Et c'est à Londres, en fin de soirée, comme tous deux sortaient de *Rules,* ce délicieux conservatoire de la cuisine anglaise, qu'un ancien fonctionnaire européen planta dans le ventre de Pierre Brunel un couteau long et pointu.

Dans l'ambulance, Brunel regardait les yeux de sa femme, embués par les pleurs, mais si magnifiques. Ah, qu'elle était belle et combien il l'aimait... Il voulait le lui dire, mais seules des bulles sanglantes lui venaient à la bouche.

© 2017, Brousse, François
Edition : Books on Demand,
12 / 14 rond point des champs Elysées, 75008 Paris
Impression : BoD - Books on Demand Norderstedt, Allemagne
ISBN : 9782322139699
Dépôt légal : mars 2017